愿有岁月可回首 且以深情共余生

余笙 著

北方联合出版传媒(集团)股份有限公司

万卷出版有限责任公司

图书在版编目（CIP）数据

愿有岁月可回首 且以深情共余生 / 余笙著 . — 沈阳 : 万卷出版有限责任公司 , 2024.5
ISBN 978-7-5470-6543-3

Ⅰ . ①愿… Ⅱ . ①余… Ⅲ . ①散文集—中国—当代 Ⅳ . ① I267

中国国家版本馆 CIP 数据核字 (2024) 第 103192 号

出 品 人：王维良
出版发行：北方联合出版传媒（集团）股份有限公司
　　　　　万卷出版有限责任公司
　　　　　（地址：沈阳市和平区十一纬路 29 号　邮编：110003）
印 刷 者：辽宁鼎籍数码科技有限公司
经 销 者：全国新华书店
幅面尺寸：145mm×210mm
字　　数：200 千字
印　　张：8
出版时间：2024 年 5 月第 1 版
印刷时间：2024 年 5 月第 1 次印刷
责任编辑：范　娇
封面设计：宁　萌
版式设计：宁　萌
责任校对：刘　洋
ISBN 978-7-5470-6543-3
定　　价：89.00 元

序 一

岁月无波澜，余生不悲欢

王剑冰

对于一位逐渐走向成熟的作家，有时候我们会心怀好奇，想看看他一路走来的故事，想知道我们未知的秘密。对于这位1987年出生的余笙，也是如此。余笙在四川省散文学会等文学组织都有担当，也有促进。还出过个人著作，主编过《秋雨雅韵》《雅韵文萃》等丛书，可谓是个业内朋友。

在时间的长河中，每个人都是行走的旅者。我们以坚定或迟疑的步伐前进，时而沐浴着晨光的希望，时而沉溺于黄昏的沉思。余笙的散文集《愿有岁月可回首 且以深情共余生》，便是精心绘制的时光风景。

这本散文集可谓一部灵魂交响曲，它不拘泥于传统的文学形式，自由地跨越了散文与随笔、叙事与抒情之间的界限。是余笙在日复一日的生活琐事中，捕捉到的那些稍纵即逝的灵感与感悟。它们或许起源于一个淡淡的微笑，一次偶遇的风景，或是一段深刻的对话。每一篇作品都是一个独立的世界，承载着作者的情感和思考，同时也映射出我们每个人的心声。

一个人就是一个世界，即使面对仅有的三个读者也要倾注满腔热血，这是作家应有的态度。我与余笙，虽交往时间不长，但从其文字中，能深刻感受到他的爽直与细腻。

在序言中，我无意揭开本书的全部面纱，因为探索的乐趣在于亲历其境。但我可以告诉你，这是一部值得每个寻求生命意义、渴望心灵成长的读者细细品读的作品。它不仅会启发你对生活的认识，更会成为你在旅途中的一份温暖陪伴。

透过一行行文字，就像是踩着田间的小路，感受到那新鲜的野性的气息，那是令人陶醉的气息，我们因此而满足，因此而留下深深的印象。

在人生的旅途中，余笙可以说吃了不少苦，苦成了他的资本和动力，也成为他创作的源泉。所以苦并不可怕，正如余笙所说，若果不是出身寒微，或许还没有如此多的果敢坚毅和奋斗拼搏。

我们说，著名作家萧红，正是有着生命的苦痛及青春的坎坷，才有了她不屈的追寻与抗争，有了《生死场》《呼兰河传》《商市街》等刻骨铭心、过目难忘的作品。

对于余笙也是一样，正是独特的生活体验，使他自省，使他热爱，接触文学，走入创作实践。

余笙用简单朴素的文字，写童年趣事，写亲朋好友，写乡村回忆，写孩子教育……流畅自然，干净纯粹，看似在回忆过往，其实是在记录某段时期的特殊光影。在阅读这些文字的过程中，我们或许会被深深打动，因为我们在其中看到了自己的影子。生活的琐碎、人性的复杂、时间的流逝、情感的变迁，所有这些元素在余笙的笔下交织成一幅幅丰富的画卷。

我们在作品中看到，阅历丰富、受人尊敬的爷爷，辛苦而又爱唠叨的父亲，善良而朴素的母亲，追求幸福又十分不幸的小姨，性格不同却相亲相爱的姑姑们。细腻的笔触描绘出人物的点点滴滴，让我们感受到生活的温度，体会到平凡中的不凡。

尤其是写到一个内心独立、自信从容的丫头，一个眼里有光、自带能量的丫头，一个恨人的时候是真恨，爱人的时候也是真爱的丫头。此丫头非别人，而是作者的爱人。他将这丫头写得真性真情，爱意满眼，同时让人看到一个充满和谐与浪漫的爱情故事。

余笙的一次次挣扎，一次次拼搏，一次次尝试，都因他的生命的热情，生活的热情，更重要的，是来自家庭的热情。让人感慨的文字，是他写到的妻子，她是他的一切，给了他所有动力的源泉，在他生意失败，欠下巨额债务后，都不离不弃的妻子，因为有她，他最终东山再起，直至创业成功。

你看，作者说，曾经我是个悲观主义者、畏难主义者，很多事都可以无所谓，但自从跟丫头在一起，我会被她感染，会积极面对生活，性格也变得开朗，对人生和未来充满了希望。

作者说："如果有好感，那就是喜欢，如果这种喜欢，经得住考验，那就是爱。"丫头，春告鸟，夏鸣蝉，秋落叶，冬吹雪，三生有幸，余生有你，与你携手，四季常在。

这些真挚的、生动的，带有着汩汩奔流的情感的文字，不仅是一种艺术的表达，更是一种生命的体验，它们激励我们去观察，去感受，去思考，引领我们穿梭于日常与哲思之间，感受生活的温度与人性的深度。

在文字的海洋里，每一本书都像是一艘承载着作者灵魂与思想的船只，它们穿梭于读者的心间，激起一圈又一圈思索的涟漪。《愿有岁月可回首　且以深情共余生》便是这样一艘船。阅读这本书，就像是与作者进行一场心灵的对话，也许会在字里行间找到那些久违的勇气和力量。

优秀的作家必须是有个性的。余笙就是一位个性鲜明又很随性的人，他常以其独特的文学视角，细腻地捕捉生活中那些稍纵即逝的瞬间，以质朴温馨的语言讲述故事，展露内心。

如《故乡的晒场》：

转眼间，我们长大了，晒场也老了，它就像一位年迈的智者，默默承载着粮食丰收的希望与喜悦，也见证着老家的改变与我们的成长。我不会忘记晒场，就像我不会忘记生我养我的故乡和自己的亲人一样，因为那是我的童年，也是时代的印记。

如《父亲教我"捡狗屎"》：

因为两粪桶的农家肥加起来足有百来斤，我跑一趟都吃力，父亲却每次来来回回至少几十次，日复一日，年复一年。如今回想起来，父亲担着农家肥穿梭于田地间的身影依然历历在目，随着扁担弯屈的，是父亲的脊背，随着清晨晶莹的露珠滑落的，还有父亲额头的汗水……

真诚的、真情的文字，时常会把我们带入一个个生动的场景中去，这是文字的力量，无法抗拒的力量。

散文的魅力在于它的自由和随性，没有固定的形式和结构，更多的是作者内心情感的自然流露。在余笙的文字中，我们仿佛可以听到作者心跳的声音，感受到他的喜怒哀乐。这些真挚的情感，像一股清泉，滋润着我们的心田，让我们在忙碌和疲惫之余，找到了一片宁静和慰藉。

余笙自称 80 后野生作家，也确实，他写的文字，多带有些尘埃与露水，有着野花野草的芳香。我们可以看到其中的生活真实——它既有琐碎和不完美，也有美好与奇迹。《我不是喜欢酒，只是戒不了朋友》《天上的爱情 人间的婚姻》《与孤独同行，做生命的强者》《致我的姑娘》，还有带娃的数篇小品，不仅仅是对生活的记录，也显示出作者的性情，显示出其对人生的认识与态度，见出个人的智慧与学养。

我相信，每一位翻开这本书的读者，都能在这些文字中找到属于自己的那份感动和启迪。

余笙关关难过关关过，前路漫漫亦灿烂。岁月无波澜，余生不悲欢，他用自己喜欢的文字记录自己平凡的人生，简单，纯粹，和而不同，雅而有致。

作者在后记中用了一个词——享受，他把享受当下说成是一种大智慧，这种心态带有一种哲学意味，还真的是容易让人有一种轻松感，一种满足感。其实，作者余笙也时常在享受他的文字。内里的快意，我们都懂。

（王剑冰，中国散文学会副会长，享受国务院特殊津贴，在《人民文学》《当代》《收获》《十月》《中国作家》《花城》《钟山》等杂志发表数百万字作品，出版了《绝版的周庄》等四十余部著作。曾获河南省政府第三、四、五、六届文学艺术优秀成果奖，以及徐迟报告文学奖、十月文学奖、冰心散文奖、杜甫文学奖、丁玲文学奖、丰子恺散文奖、方志敏文学奖、石崆文学奖等。散文《绝版的周庄》碑刻在江苏周庄。）

序 二

余笙还有大作为
——读余笙散文集《愿有岁月可回首 且以深情共余生》

张中信

2022 年岁末，在四川省散文学会会长办公会上，我认识了余笙。他在会上自我简介："我叫余笙，余'笙'安好的余笙。"大家忍不住一通大笑。我远远地打量他，中等身材，蓄着醒目的山羊胡子，少年老成的外表，给我留下了深刻的印象。

后来我们经常一起开会，工作上慢慢有了一些交集，他给我的感觉有三点：一是偏冷漠。开会就开会，说事儿就说事儿，不喜与人交谈和交往。二是较孤傲。很少见他主动跟别人交流，略显孤傲，或者叫清高。三是有才华。发表在报刊平台上的文章，文风流畅，生活气息浓厚。

半年前，我跟余笙一起参加文学活动，有过几次文字上的交流，开始慢慢改变对他的一些看法。余笙不苟言笑，老成持重的调性与年龄格格不入，骨子里却是一个面冷心热、乐于助人的人。他的笔力或许不如名家或资深作家那样纯熟，但写得情真意切、自然流畅，很少无病呻吟。同时，他也是一个工作能力较强的人。散文学会属于社团性质，工作推进困难重重，需要高超的协调能力。不过，只要交给余笙打理的事情，一般都完成得较好。

去年年末，余笙说他正在结集之前创作的作品，准备出版一本散文集。我没有过多关心，因为他本身就是做图书出版工作的，这应该是他驾轻就熟的活儿。

几天前，余笙给我发来微信，要我给他的散文集写几百字的推荐语。我抽出时间快速浏览了他发来的 PDF 文档，随后给他打电话说，如时间允许，我可以写一篇读后感。

余笙这部书几易其名，到现在似乎也没有定论，现在叫作《愿有岁月可回首　且以深情共余生》。书稿十多万字，分为五个部分，第一部分写童年生活和成长经历，第二部分为他的父老亲人们立传，第三部分写他生活中的一些感受和闲言碎语，第四部分为生儿养儿的育儿真经，第五部分为文艺采风活动、读书笔记等作品。

一口气读完这部散文集，我被深深地感动了。特别是余笙书写个人成长，以及父母亲人的散文，很多篇目读来催人泪下。我以为，这本散文集主要有以下三个方面的特点：

第一，这是一本书写自我成长的散文集，作者用文学的笔调再现一代留守儿童的成长史。余笙的散文作品，多用白描手法，几乎没有渲染烘托。但文中浓浓的乡情、乡音扑面而来，人物形象鲜活生动、挥手可得。表达了作者骨子里的深情厚爱，一些乡村场景的人事物生动再现，读罢令人唏嘘。

余笙生于 1987 年，是真正意义上的第一代留守儿童。从小在爷爷奶奶的呵护下长大，与父亲母亲相对生活时间较少。这一代人的共同特点，就是严重的叛逆心理、强烈的自卑感和无与伦比的孤独感。我身边的朋友中，和他有相似留守经历的

序
二

人不在少数，我对他们的性格形成有所耳闻和观察。也就是说，从严格意义上讲，他们享受的都是"隔代的爱"，爷爷奶奶的爱，代替了爷爷奶奶和爸爸妈妈两代人应该付出的爱。作为留守儿童的他们，享受的爱是残缺的，并不完整的。

余笙把自己的人生经历和成长过程用文字作记叙，进行大胆的剖析。比如他写自己成长过程中，因为性格叛逆，学业有几次挫折的故事：

等上初中后，他们回来的次数更少了。缺少父母关爱的我，变得无比叛逆！童年的我，渴望有一个父母在身边呵护自己的温暖家庭。但是没有，他们好像只有在每年交学费的时候才会出现，要不就是在升学、考试等关键时刻，对我的学业进行指导、干涉、施压。而我，面对这种求而不得，得而非所愿的父母之爱，唯一的选择就是，叛逆和逃避。他们越想让我做的事情，我就越不想去做，和他们唱反调。虽然最终结果也并非我想要的，但却是年少的我当时能选择的唯一与父母联结的方式。

高中时，父亲依然只关注我的学习，更加频繁打电话向我诉苦、施压，并随时给班主任打电话了解我的近况。可在我眼里，这些不是关爱，而是压力，压得我喘不过气，甚至最终抑郁。高三那年，压力倍增，觉得要是考不好就对不起家人，抑郁加重，常常一个人在学校楼顶徘徊。过大的压力导致成绩明显下滑，结果只考取了一个省内的三本外语院校。

本来可以考上一所好的高中，因为与父母的隔膜，最终没有如愿。本来可以考上一所较好的大学，一样因为叛逆，最终考进不尽如人意的"三本"。结果可想而知，读研没有希望，找到好的工作难于上青天。于是，我们看到余笙在大学毕业后，几经辗转，五易工作岗位，从国内到国外，坎坷而心酸的奋斗足迹。个中的辛酸和屈辱，只有自己知道。他在文章中披露的"非洲往事"，可见一斑：

有一天，我和几个黑人同事出去办事，因天太热，我摇下车窗坐在副驾驶上玩手机。听到有人敲另一面的车窗，我扭头看时，一只黑手以迅雷不及掩耳之势把我手机抢走了！我迟疑片刻，突然想到手机里面还有些重要资料，不能遗失。于是下车猛追。追到一个巷子里终于追上，却不想从四面八方来了十几个小伙把我堵在里面。

我大声用英语说："把手机还给我，我可以给钱，你们要多少？"结果换来的是一顿暴揍，我拼命用手护住头，但眼镜还是被踢坏，额头被磕出血，脚也受伤……最后他们翻遍我所有口袋，发现我一文不名的时候，终于把我丢在臭水沟里，然后一哄而散。等我那些黑人同事"及时"赶来救场时，我已经淡定地自己爬起来了。回到车上，同事都说我胆子太大了，单枪匹马这样追进贫民窟的，我还是有史以来第一人。

通过以上细节的还原，可知江湖套路很深，而受伤的只能是作者自己。读过这一小辑的文字，我的思绪一下子回到了二十多年前的倥偬时光，回到了一代农民工抛家别子的艰难生活，看见了一代留守儿童自我救赎的曲折心路历程。

第二，这是一本为故乡和亲人立传的散文集，作者以"跪乳之恩"表达对父母亲人养育之情的谢意。在这一辑中，余笙为他的爷爷，父亲母亲，姑姑们立传。我以为，大千世界，芸芸众生，无论幸运的或不幸的，每个人都有一个不一样的童年，余笙如此，我如此，你也如此。在余笙的文章中，爷爷的坚强，父亲的暴躁，母亲的坚韧，姑姑的大爱，一一浸透在他三十六年的生命历程中。正是这些亲人看似冷漠的表达，或者生硬粗暴的敲打，让余笙在长大成人的过程中，个人灵魂塑造和思想历练不断成熟。读罢这些血泪交织的散文，我们倏然明白，这才是一个人成长和历练的人生日记。

比如，他着墨较多的爷爷，一个懂道理，有文化，有情怀的抗美援朝老战士：

爷爷读过很多书，从小也要求我慢慢读《千字文》《增广贤文》《三字经》《家训》《百家姓》《诗经》《论语》《孟子》等，即使那时候我还完全读不懂，爷爷说，这些都是老祖宗留下来的精华，是古人的大智慧，永远都不会过时，我对文学的兴趣也是从那时慢慢培养起来的，也因为如此，很多晦涩难懂的古籍，我基本都能读懂。

爷爷自己也写一些东西，家里的手抄稿也很多，但是由于年代久远，保存不当，好多都已经找不到了，目前家里只剩一本爷爷誊抄的族谱，供后人查阅。

再如，他写自己与父亲因为性格或者其他原因，一直感情"不融洽"云云，我们看见的是一个儿子对父亲粗暴性格的背叛。但是，透过父亲带他到工厂转悠，逢人就夸儿子成绩好的一个细节，我们的心被深深刺痛了：

在雷州那段时间，父母一有时间就带我到工厂各个车间转悠，看到正在做工的朋友，会热情地向他们介绍我，并告诉他们，我学习成绩好，唱歌也好听，极尽夸赞之词，仿佛我就是他们唯一的骄傲，是他们外出打工、艰难度日的最后尊严。

这段文字并不长，也不煽情，读来却让人如鲠在喉、潸然泪下。此时此刻，只有一句话可以表达我的心情：可怜天下父母心！父亲在那样艰苦的生存环境中，坚持打工挣钱为儿子创造更好的生活，所付出的全部努力和牺牲，让每一个读者心有戚戚焉。父亲逢人就夸儿子考试成绩好、歌也唱得好的骄傲神情，不正是千千万万父母内心的真实写照吗？

第三，这是一本教科书式的传授"养儿育女"经验的散文集，作者用亲身经历为"天下父母心"作生动的诠释。第四辑，直接命名为《余笙育儿》，余笙用散文的笔法，讲述自己的"育儿真经"。关于这个题材，应该说作品汗牛充栋，但采用散文的写作手法，似乎并不多见，应该属于散文创作的"新品种"。文章寓教于乐，读来别开生面，相信对很多年轻的父母，会有很大的帮助。

余笙讲到父母对孩子的陪伴问题，这是一个老生常谈的问题。我身边有很多有钱的朋友，从幼儿园起，就把孩子送到寄宿学校，只有周六周日才和孩子短暂相聚。他们认为自己花了钱，孩子上了最好的学校，就一定是成功的、无可挑剔的。这其实是一个谬论、一个悖论，很多人为此付出了惨痛的代价。我一直认为"陪伴是父母对孩子最好的教育"，绝不是一个伪命题。余笙为此提出了自己的观点：

有人说，"陪伴就是对孩子最好的教育"就是个伪命题，因为当今社会压力这么大，父母自己成天都在忙工作忙事业忙应酬，累得跟条狗似的，哪还有时间和精力陪孩子啊！但是，每天早晚加起来总共只需要一个小时时间，再忙的人，总是能挤出来的吧。如果一天当中，你连二十四分之一的时间都不肯分给你的孩子，去陪伴他，那么，也就别指望你的孩子会理解你一百分的爱。所以，不要给自己找任何借口，爱是要行动来证明的，早晚半小时，给孩子一个有质量的陪伴，是对他最好的教育。

而今，无论是农村，还是城市，人们在获得普遍安全感、幸福感的同时，工作和生活的压力日益增加，"育儿焦虑"一度盛行。如何正确育儿？怎样事半功倍地育儿？读罢余笙的"育儿真经"，相信会有启迪。我甚至以为，围绕这个命题，余笙还可以进一步放大，写出一部与众不同的"育儿散文集"来。

余笙从事散文写作的时间不长，在创作上尚有不足：不太注重对细节的挖掘，个别文章有记流水账的感觉。对语言的把控力度不够，缺乏必要的温婉，或者妥帖。还有，对作品角度的选择尚有遗憾，浪费了一些很好的素材。

毋庸讳言，余笙的这本散文集是成功的，也是具有鲜明特色的。透过它，我们更加了解了"一代人"的心路历程，理解了"一代人"的拼搏精神，看到了"一代人"奋起直追的博大情怀。

余笙的路还很长，文学的路更艰辛。我以为，只要努力地感受生活，只要真诚地融入时代，只要坚持我手写我心，余笙一定还大有作为的！

2024 年 4 月 5 日成都

（张中信，中国作家协会会员，成都市青羊区文联副主席、作协主席。在《诗刊》《星星》《钟山》《四川日报》等国内百余家报刊发表诗歌、散文诗、散文、小说作品三百余万字，出版《风流板板桥》《匪妻》《失语的村庄》《哦，野茶灞那些事儿》《通江书》等著作二十余部。作品入选数十种选本、辞典，曾获"四川散文奖""四川文学奖""冰心散文奖""大巴山文艺推优工程"优秀作品等荣誉。学术界有《张中信创作论》《张中信大巴山文学地理书写研究》等专著出版。）

自　序

心怀希望　素履以往

世间所有关于生命的相遇，都是人生里久别的重逢，有感恩经历，也有珍惜现在，而那些经历的过往，践行的曾经，或者遗失的风景，在经年的旋律里，每一个音符都不是特别精彩，但组合起来，就是人生路上最美的风景。

1987年冬，我出生在四川偏远山区的一个农家，是吃百家饭长大的，典型的农村留守儿童。我小时候跟着爷爷奶奶生活，因为太调皮，颇不受外人待见。记忆中经常会去姑姑、舅舅、外婆家轮流蹭住。童年的记忆里，父母的印象模糊而匆忙。等上初中后，他们回来的次数更少了。缺少父母关爱的我，变得无比叛逆！童年的我，渴望有一个父母在身边呵护自己的温暖家庭。但是没有，他们好像只有在每年交学费的时候才会出现，要不就是在升学、考试等关键时刻，对我的学业进行指导、干涉、施压。而我，面对这种求而不得，得而非所愿的父母之爱，唯一的选择就是，叛逆和逃避。他们越想让我做的事情，我就越不想去做，和他们唱反调。虽然最终结果也并非我想要的，但却是年少的我当时能选择的唯一与父母联结的方式。

中考时，一向是老师重点培养对象的我，或许因为压力太大，或其他什么原因，在考场上流鼻血，影响了发挥。最终，错失了市里最好的高中，让父母大失所望。高中时，父亲依然只关注我的学习，更加频繁打电话向我诉苦、施压，并随时给班主任打电话了解我的近况。可在我眼里，这些不是关爱，而是压力，压得我喘不过气，甚至最终抑郁。高三那年，压力倍增，觉得要是考不好就对不起家人，抑郁加重，常常一个人在学校楼顶徘徊。过大的压力导致成绩明显下滑，结果只考取了一个省内的三本外语院校，就是那种学费很昂贵的私立学校。当时父母、老师都建议我复读，但我只想早点逃离那个让我觉得压抑的环境，不听他们的。最终执意选择了那所比普通大学学费贵三倍的民办高校。

来到成都，我人生中第一次坐电梯，第一次吃麦当劳，第一次坐扶梯……进入大学后，原本孤独、敏感的性格才被打开了一点点。四年时间，在学业上并未取得太大的突破，但在相对宽松的环境下积极参与各种社团活动，也认识了很多新的朋友。在培养个人兴趣、开阔眼界、增强自己的交际能力方面确实大有提升。2010年，大学毕业，我有幸拿到了为数不多的留校名额。留校后我没有选择做辅导员，而是去了图书馆。感觉我内心还是喜欢自在、不被打扰的工作状态。三个月后，当我把图书馆所有感兴趣的书都翻过一遍之后，那种每天一成不变的无聊日子再也困不住一颗躁动的心。是啊！我还年轻，应该出去闯一闯！

因为学的是英语专业，从学校出来后，就应聘到一家外资企业做物流专员，一开始工作还比较轻松。那时候工资一千二百元，但一个人吃饱全家不饿。没有负担和压力，勉强能过活，又能趁着培训的机会到深圳、上海等大城市去观摩学习，继续开阔眼界。但真正回到成都，需要我独当一面的时候，我的焦虑又来了。每天要处理几百封邮件、安排无数条货运线路和集装箱舱位，没过多久。我感觉自己不太适合这个工作，也觉得万一我做不好会拖累同事、领导，而且自己也担不起这个责，压力太大了，想要逃离。这种畏难情绪从求学到求职就一直跟随着我。直到2012年，我再次跳槽到一家涉外民营企业，下定决心接受了外派非洲乌干达的任务。在那个完全陌生的国度和恶劣环境下，我选择背水一战，直面困难，挑战心魔。

2012年7月，以公司外派翻译的身份，我坐上了从成都出发，北京转机去乌干达的航班，当时全部的家当，就只有一台笔记本电脑。那一刻，我充满了惶恐，我不知道即将面临的是怎样的世界，也不知道自己蹩脚的英语口语是否能承担得起公司的重托。到乌干达后，第一次听黑人朋友在我面前叽里呱啦讲英语时，我完全一脸茫然。老大问我："听懂了吗？"我摇摇头。老大也只能无奈地摇摇头，然后笑着安慰我说："慢慢适应一下就好了。"当时真是比泰囧还囧。然后我就开始想，我要完了，完全听不懂啊，我肯定会死得很难看。经过了近乎一个星期的痛苦斗争之后，我开始释然了。不是因为我能听懂了，而是告诉自己：横竖都是一个死，大不了打道回府，只要公司没有提出开除我，我就是厚着脸皮也要待下去。反正丢脸也丢在非洲，没有人认识我。

在这样的心态下，我坚持在实战中学习，现学现卖，跟着我们项目经理整日周旋在当地的农业部渔业司长、秘书长这些达官贵人之间，进行口语练习。慢慢地，语言这块也就没有太大问题了。心理障碍克服后人就轻松很多，我就努力去适应那里的环境，发现它的独特之美。乌干达位于非洲东部高原，横跨赤道。因是尼罗河的源头所在地，湖泊较多，被英国首相丘吉尔称为"非洲明珠"，山峦起伏、湖泊点缀，风景特别漂亮。我们项目部驻扎在乌干达首都坎帕拉附近。所以整个生活环境相对比较方便，坎帕拉有很多中国人做生意。

　　到了非洲，你才能真正体会到中国制造的强大。满大街都充斥着"made in China"！同事总开玩笑说："在国内没钱，买衣服是中国制造，到国外有钱了，买衣服还是中国制造！"在坎帕拉基本上能买到国内的大部分商品。除了语言交流障碍，人身财产安全是令每一个在非洲生活工作过的人深受困扰的大事。很多国家每年都会向非洲捐献很多的物资和金钱，但大部分非洲人民依然很穷苦。因为贫富差距过大，贫民窟和富人区几乎是两个世界。

　　由于资源匮乏、教育资源分配不均衡，底层百姓想要通过奋斗实现阶级逆袭，几乎是不可能的。种种原因，导致那些陷入经济危机或生存困境的人，放弃向上努力，转而选择铤而走险，打起中国人的主意。在当地人眼里，中国人既精明又勤奋，而且愿意花钱办事。所以即便在正常的办公程序里，也会雁过拔毛，刮下一层油来。更别说，那些毫无顾忌在街头乱串的小贼。非洲特殊的社会氛围，让身处其中的中国人逐渐摸索出一套自己的生存哲学：花钱能办的事就花钱办，破财消灾！出门挣钱不容易，先活着才有命花。但真正落到了自己头上，那又是一番滋味。

　　有一天，我和几个黑人同事出去办事，因天太热，我摇下车窗坐在副驾驶上玩手机。听到有人敲另一面的车窗，我扭头看时，一只黑手以迅雷不及掩耳之势把我手机抢走了！我迟疑片刻，突然想到手机里面还有些重要资料，不能遗失。于是下车猛追。追到一个巷子里终于追上，却不想从四面八方来了十几个小伙把我堵在里面。

我大声用英语说："把手机还给我，我可以给钱，你们要多少？"结果换来的是一顿暴揍，我拼命用手护住头，但眼镜还是被踢坏，额头被磕出血，脚也受伤……最后他们翻遍我所有口袋，发现我一文不名的时候，终于把我丢在臭水沟里，然后一哄而散。等我那些黑人同事"及时"赶来救场时，我已经淡定地自己爬起来了。回到车上，同事都说我胆子太大了，单枪匹马这样追进贫民窟的，我还是有史以来第一人。而我不甘心就这么光天化日之下被抢。于是想到报警，结果发现几米外就是当地警察的执勤点。录了口供后，为了督促他们尽快破案，再三强调，我是特殊人员，手机里存有很多涉密文件，请确保一定要完好找回我的手机，否则我就上报中国大使馆，联系你们国防部……

在确认了我们所乘坐的车是政府用车之后，当地警察才有七八分相信我说的话。最后，我再次让本地司机向他保证，手机才是最重要的（钱不是问题）。接待的警察这才欣然意会，表示一定竭尽所能。结果当天晚上六点，我还在医院处理伤口，警察就通知我的手机被找回来了！但就是不直接给我，我把提前准备好的十万乌先令掏出来递给他，并将裤兜翻给他们看，表示只有这么多了！他们麻溜地接过钱数了数，我们就愉快地握手告别了。

在非洲一定要隐藏实力，不要显摆露富，出门要注意安全，关键时刻给钱能大大提高事情的成功率。虽然非洲的普通百姓日子过得穷苦，但也很善良、乐观，他们没有储蓄、节育这些概念。钱到手就花掉，孩子生了一个又一个，遇到一些不负责任的男人，一个女人单独拉扯一堆孩子的也有。底层人民，活着就是他们生活的全部意义。

在乌干达生活，就算你躲得过车窗外突如其来的"黑手"，也躲不过疟疾的威胁。我有个同事，每次回国再返回，都会经历一次生不如死的折磨，要去医院救治输液，暴瘦十几斤。体质好的人，像我得了疟疾后，最开始吃点特效药，慢慢就会好，但那种浑身忽冷忽热、肠胃不适，吃不下东西的难受劲儿，还是得扛过两三天才行。感谢屠呦呦的青蒿素，让我们现在对这个病不再谈虎色变。在非洲，虽然经历过不止一次的被抢、疟疾等令人不愉快的经历。但经过两三年的磨炼，我已经不再是那个胆怯、脆弱，遇到压力大的事情就想逃跑的大男孩。而是一个真正能独当一面，有勇气、有智慧，能临危不乱处理要事的男人。

工作上的出色表现，使得我的薪水也水涨船高，也结识了很多当地的非洲朋友和华人。到第三年时，我甚至还在坎帕拉买了两块地。因为中国即将援建一条机场到首都的高速路，我买的地块就在规划的高速路必经之道，想着以后也像当地的其他华人一样，建个农场什么的。但人算不如天算，我的非洲计划被另外一个决定终止了。

在一次回国休假时，我跟前女友给我介绍的相亲对象见了面，也就是我现在的老婆。当初对于这种相亲不抱任何希望，但没想到两个人一见如故，情投意合。很快我就向公司正式提出辞呈，当时果断辞职，一是想对感情负责，想谈一场看得见摸得着的实实在在的恋爱。还有一个原因，就是对父母的叛逆。他们觉得在非洲那么高的工资，再干几年，什么都有了，回来结婚也不迟，而我偏要反着来！

　　本来我还没那么坚决，父母的态度让我更加义无反顾地选择回国。而且，我相信自己有点本钱，有能力，即便自己在国内工作或者创业，依然会闯出一片天地。但现实并非我想象的那般美好，三年国外生活的确让我开阔了眼界，但同时也与国内形势脱节。而且我的英语专业在当时，所能找到的对口工作并不多。于是我就想着自己单干，开门店。结婚后，我开过超市、茶楼、面馆，摆过地摊，但由于种种原因，最后都倒闭了。走投无路感觉无比挫败的我，突然有一天接触到数字资产。然后就一头扎了进去，想着能借此逆风翻盘，但没想到，这次的结果是直接把我拖进深渊！几年下来，我把手里所有的积蓄，包括通过网上贷款平台借的钱，全部投了进去，不仅没赚到钱，反而血本无归！算一算，大概赔了有一百多万元，其中大部分都是外债。

　　一开始，我想瞒着老婆，想办法自己凑钱还债，但当我借遍身边亲朋好友，却屡遭冷眼的时候，我几近崩溃。

　　无奈之下，我甚至不惜再闯非洲，去到非洲南部的莫桑比克淘金，但后来证明是个骗局。到了莫桑比克，我被安排进赌场，结果被下套欠下巨额赌债。因为拿不出钱，我被软禁在出租屋里，逼迫我向家里要钱。我不想连累家人，更没脸跟老婆诉说此事，但我也不想就这样客死他乡。于是，我不得已联系了之前在乌干达认识的一位华人朋友。他很早就定居欧洲，但经常往返于非洲和欧洲之间做贸易，很有实力，当时他恰好在莫桑比克。通过他的关系和斡旋，我最终才得以脱身。华人朋友为我购买了回国的机票，劝我好好生活，一切都会过去的。但当时除了一句感谢，我无以为报。坐上返回中国航班的那一刻，我才确定，我终于逃出生天了。

虽然只有短短的几个月时间，但我已形容枯槁，狼狈不堪，回到家孩子看到我的那一刻，竟认不出我，不敢靠近我，而我不管不顾一把将老婆孩子揽入怀中，崩溃大哭。我也向老婆坦白了炒币亏钱负债的事。回国以来，创业之路并不顺遂，但老婆一直都是支持我的，没有什么怨言。但这次瞒着她炒币亏钱实在太离谱，所以她也很生气，很痛心。而我也一度萎靡不振，对生活失去信心。看着我一天天消沉，老婆不忍心，最终选择原谅了我，并鼓励我说："你现在并非一无所有，因为你还有我，还有宝宝。之前你创业，无论做什么，我一直都无条件支持，但炒币这种不可控因素太多，我们小本经营，踏实创业，不能再去冒险赚快钱，一夜暴富终不现实。这次就当人生中的一个教训，因为没有人的一生是绝对一帆风顺的，我们还年轻，我和宝宝都相信你能带我们走向光明的未来！"

就这样，在老婆的鼓励和帮助下，2019 年，因为自己爱好文学，就与几位好友成立了一家文化公司，做图书策划、排版设计、编辑校对、代理出版发行等业务。公司一开始只有三个人，付不起租金，我跟好友就在家里办公，两台电脑，两部手机。每天不停打电话，不停发消息，哪怕只有一丝希望，我们都不放弃。但万事开头难，最难的时候，我们连续三个月没有收入，吃饭都成问题，每天吃泡面。

后来我们靠着坚持与不断付出，慢慢得到文朋诗友的认可，最终打开局面，公司由小到大，步入正轨。脚踏实地，步步为营，我们先是做图书策划、出版、发行，之后又涉及广告创意、文创潮品等。经历过特殊时期，公司不仅活了下来，跟国内众多出版社建立了长期合作关系，而且帮助无数文学创作者实现了出书的愿望。

几年过去，我们的欠款越来越少，还有两个可爱的孩子，有点空闲时，我就会陪老婆孩子一起户外游。我深知自己亏欠他们太多。尤其是老婆，这些些年来，我从来没有带她去看过电影，逛过商场，更没有送她什么像样的礼物！在过往的生活中，我遇到过很多令我感动、感谢、感恩的老师和朋友。但如果一定要我选出一位最特别的，那一定是我老婆！是她，创业路上陪我不断试错。是她，在我深陷债务危机时，对我不弃不离。是她，果断出手，将我拉出泥潭并给我最大的鼓励，让我事业的小船再次起航。她不仅是我两个孩子的妈妈，更是我精神世界的明灯。

人生眼看已过半，我有时在想，如果小时家里很有钱，我可能不会成为留守儿童，可能会有一个完全不同的童年，我可能会跟父母很亲近。如果中考时不感冒，不在考场流鼻血，可能我会进市里的一所高中，然后进另外一所大学。如果毕业后，我选择留在学校，或者后来没有从外企率性离职，就不可能去非洲，更不可能经历之后如此坎坷的人生。如果这辈子我没有遇到像我老婆一样包容我、引领我的女子，而是在我被人追债时落井下石，与我决裂离婚，那我现在会在哪里？人生没有如果，世事无常，有命也有运。

这所有一切，我并没有觉得有任何后悔或者不幸，反而觉得目前为止，自己还是运气不错的。虽然那个自称上帝的人总是喜欢跟我开玩笑，但是每当我近乎绝望时，他却总是给我晦暗的人生留一条缝，那条缝的名字叫"希望"。

尼采说："一个人知道自己为什么而活，就可以忍受任何一种生活。"经历风雨，中年也看淡了很多，无论怎样的生活，都无怨无悔地承受，都认真去对待，毕竟余生很贵，容不得半点浪费。

余笙，愿你等待的所有美好，无论早晚，都会来到。愿你珍惜的人，无论天涯海角，都有音讯。余笙，愿中年的我们心存感恩，肩负责任，无怨无悔中，在人生路上依旧遇见更多美好。

余笙，请永远记住：心怀希望，素履以往，爱在心头，何惧路长！

目 录
CONTENTS

愿有岁月可回首　且以深情共余生

・第五辑・余笙弄文

第一辑·

余笙回眸

风雨过后，
含羞草又悄悄舒展开叶片，
挺直了茎，
迎着雨后的阳光，
倔强地对着天边的彩虹微笑。

那些果树

　　在记忆的深处，有一片果园静静地绽放着时光的花朵。那是故乡的一角，是童年的秘密花园，是岁月沉淀下的甜美和苦涩交织的风景。每当春风拂过心田，我便会想起那些果树，它们是故乡的象征，是亲情的凝结，也是我心中淡淡的牵挂。

　　小时候，老家房前屋后多种有果树，譬如柚子树、桃树、梨树、李子树、樱桃树、橘子树……而且每一种都种了很多株，主要是为了摘果子来卖钱。最开始的时候还可以，因为种的人少，后来，四野八乡就都种上了这些果树，然后果子卖价自然就低了，父亲算来算去都觉得不划算，所以就陆陆续续砍掉了一些，转而种蔬菜去了，直至最后不再打理，果园子也就彻底荒废了。

　　但于我而言，则是一件很好的事。因为以前，树上结的果子，父亲是不允许我私自去摘来吃的，因为都是要卖钱的，那时候可以说是家里唯一的经济来源。每到果实成熟的季节，每天放学回到家，第一件事就是去看看果子红了没有，是不是又长大了些许。而父亲总是命令我先去把当天老师布置的作业写完，然后预习明天的功课，我总是很不情愿，于是我每次都会搬个小凳子到果树下，一边写作业，一边帮父亲驱赶前来偷吃的鸟类。

树荫之下，凉快又舒适，时而微风袭来，树叶沙沙作响，仿佛漂亮的姑娘在耳边低语，微风中夹杂着阵阵果香，如此沁人心脾。当我将作业本交给父亲检查之后，我总会目不转睛地盯着父亲那张满是汗水的脸，总想从他那里得到几句赞赏的话语。然而并没有，父亲只是点点头，然后就忙着摘果子去了。

我总会屁颠屁颠跟在父亲身后，为他提篮筐，忙碌了好一会儿后，第二天要拿去集市卖的果子终于摘好了。望着满满一筐果子，我忍不住咽口水。父亲看出了我的心思，随后会从篮子里面挑几颗又大又好看的给我，告诉我是我驱鸟有功的奖励。我拿着果子飞快地跑回家，将果子一颗一颗整整齐齐地摆在桌子上，先仔细端详，然后再一颗一颗慢慢享用，也许这就是吃果子的仪式感吧。

父亲不再打理果园子之后，果园子成了我的乐园，剩下的所有果树就成为我的私有财产。春夏季节，我会学着父亲那样给果树浇水，修剪枝丫，清除害虫。当果树开满花朵的时候，我会铺一层塑料薄膜在地上，这样掉落下来的花朵，就可以被收集起来，晾干了放进奶奶缝的香包里，带在身上或是放在枕头下，满屋子就都是花香。等到秋天到来，果树上结出了各种各样的果实，我就天天去查看，生怕错过了果实成熟的最佳时机。而我也不再担心父亲会因为我私自摘果子吃而责骂我了，所以每当果子成熟的时候，我大部分的时间都会待在果树上。

那时候，我吃果子的仪式感已经上升到另外一个高度了。有时候我会徒手爬上果树，然后找到一个大的树杈，悠闲地躺在树上，那种伸手就能摘到果子放进嘴里的感觉，实在是太美妙，我经常会在树上吃到饱，温暖的阳光透过树叶的缝隙软绵绵地敲打在我的身上，我经常迷迷糊糊地睡去，醒来时父亲母亲早已吃过晚饭了。有时候，我会将挑出来的最好的果子，洗干净晾干，放进玻璃罐子里，然后从奶奶那里偷拿一些白糖放进罐子，再把罐子盖好，密封起来，等到没有新鲜果子可吃的季节再拿出来慢慢享用。

果树虽没有经过专门施肥和除虫，但是果子终究还是结得很多，多到家里完全吃不完，尤其是门口那株梨树，开的花儿是洁白的，结的果子是绿皮带些许麻点的。虽然果子看起来不太好看，但是味道真是很不错。每年，这株几乎没有人管理的梨树都会结很多果子，爷爷和父亲总会摘许多送给亲戚朋友吃，实在吃不完的，只能眼看着一个一个被蜜蜂蜇，然后一个一个掉到地上，烂在泥里。我总觉得可惜，但是父亲说，梨子烂在泥里，来年也能作为梨树生长开花结果的养料，也算是物尽其用，死得其所了。

除了这些结大果子的树，屋角还有一排桑树，因为在种果树之前，家里养过蚕，所以也就保留了一些桑树，大概有七八株的样子，全都是没有嫁接过的那种野桑，树长得老高，枝繁叶茂。盛夏时节，我总喜欢拿着钩子将枝丫拽下来，然后摘紫黑紫黑的桑葚，放进嘴里，那是一种区别于其他果子的甜，只是有细小的籽，也顾不得了。等吃完了，只剩下紫黑的双手、嘴巴和牙齿，甚至于第二天拉的屎也是紫黑紫黑的，真是有趣。

对于桑葚，父亲是不直接吃的，而是放进小坛子里，再从街上打两斤农家自酿粮食酒倒进去，密封好存于水缸角落旁，等到逢年过节时再拿出来招待亲朋好友。桑叶也是有用处的，奶奶会将新鲜的玉米用石磨碾碎了，制成玉米糊，然后用洗净晾干的桑叶包起来，放在木桶甑子上蒸熟，玉米的清甜配上桑叶独有的香味，是我小时候最最期待的零食，现在街上也有卖桑叶粑的，但始终吃不出当年的味道了。

每年春暖花开的时候，也是果园子最美的样子，点点嫩芽间冒出粒粒花骨朵，最是生机盎然，最后那一朵一朵白色的小花儿，簇拥着争相绽放，没错，那就是李子树。李子花开得正艳的时候，仿佛整棵李子树都被覆盖了白雪，抱着树干轻轻摇晃，花瓣飞舞飘落，唯美如此，不负此情。还有那朵朵粉色的桃花，星星点点镶嵌在蜿蜒斑驳的桃树枝干上，如春姑娘头顶的花环，又似她天然的粉黛，含蓄而不张扬，恰到好处。柚子花香味最浓，花型最大，蜜蜂最是喜欢，柚子花开时，成群的蜜蜂穿梭在柚子花间，嗡嗡作响，演奏出一曲春天的交响乐，好不热闹。

废弃的果园带给我许多美好的回忆，也承包了我整个童年时期的水果供应。只可惜，后来老屋修缮，所有的果树都被清除了，都来不及跟它们一一作别。只是在我脑海里，留下了些许逐渐模糊的影像，成为心中永远怀念的伊甸园。

去年回老家，我从外婆山上挖来几株野生果树，然后在屋前简单清理出了一块空地，带着儿子亲手将这些果树种在里面，后来因为工作原因，也就没再过问。前天回去看望奶奶，儿子下车后，高兴地跑来告诉我，果树已经长高了，竟有一株跃跃欲试准备开花了，我想，这一定是某种延续。

童年趣事

一个人随着年岁的增长，就喜欢回味往事。临近过年了，忙碌了一整年，过两天又可以带着孩子回老家了，孩子心中欢喜，而他不知道，我这个老父亲心里比他更欢喜，不免又想起童年时期在农村老家的一些趣事。

咱生在农村，长在农村，咱也从来没以农村血统为耻，从不遮掩，反而引以为傲，因为农村的趣事儿多到你无法想象，是很多现在城市里的孩子未曾体验的，并且农村人的勤恳淳朴是与生俱来的。

小时候，我就是那种三天不打，上房揭瓦的主。按照奶奶的话说，是因为我生下来，包被没绑得好，从来都是"小儿多动症"。再者，村子里邻里邻居的小孩儿一大堆，不乏玩伴，所以更是玩性不减，常常忘乎所以，上蹿下跳，身上的伤没断过，如今左脚上那道大伤疤就是最好的例证。

还好老爸是严父，什么"棍棒底下出孝子""不打不成才"等就是他定的家规，而且他打我从来不惜下狠手，每当老爸对我"施暴"的时候，周围的人只能围观，没人敢劝，否则后果自负。我的脸、手心、屁股、小腿都是老爸的攻击范围，如来神掌、无影脚、霹雳鞭、排山倒海都是他的招式，施刑工具那就更是数不胜数了，皮带、竹鞭、木棍、荆条、巨大的巴掌、有力的天残脚……任何在他视线范围内的东西都可以成为他责罚我的"刑具"，我的童年是在老爸对我的敲打中度过的，以致后来舅舅说，我本来是很聪明的，可惜让我爸给打"傻"了。想来还挺悲摧的。

当然，我说这些，除了对老爸当年对我这种惨无人道的教育方式进行控诉之外，没有其他意思，即使在当时，我也只是在夜深人静的夜晚躲在自己冰冷的被窝里小声"诅咒"了一下下而已……

美味樱桃

小时候，家里穷得叮当响，为了生计，家里种了好多果树，樱桃、桃子、梨、李子、橘子、柚子……记得房前屋后都是樱桃树，每当樱桃成熟的时候，我的任务就是每天放学后，背上书包，搬上自己的小板凳，趴在树下写作业，同时驱赶那些盘旋在樱桃树上空一心想要偷吃的鸟类。

记得老宅旁有一株樱桃树，特别大，那一年结的樱桃特别多，特别甜，每一颗都是透亮透亮的，香艳欲滴。因为樱桃都是要摘来卖钱的，所以我平时能看，能摘，能卖，就是不能吃。

孩子嘛，馋嘴是天性啊，所以某日，待我把作业写完，趁四下无人，我"嗖嗖嗖"地如有轻功般地蹿上了这株满载着美味的樱桃树，然后我就跨坐在树干上，开始享受美味。说是享受，其实并非如此，因为怕被瞧见，所以不敢出声，也不敢有大动作，也顾不得挑了，左手一把，右手一把，使劲往嘴里塞，当然樱桃核也一并下肚了。

正当我酣畅淋漓地大快朵颐的时候，老爸出现了，就在树下，我谨慎地侧了侧身子，将自己尽量掩盖在还算茂密的树叶中，顿时紧张得汗如雨下。老爸看了看我扔在树下的作业本，没抬头，然后一会儿就离去了，我赶紧跳下树，暗自庆幸自己没被老爸发现。

然后当晚，我还是挨打了，理由是，我没有一直在树下驱赶鸟，导致老宅旁大樱桃树上的樱桃被鸟偷吃了很多。所以最终还是没逃脱一顿毒打，虽然我也不知道，当时老爸有没有发现我就在树上，至今也不得而知。

鱼塘落水

现在城里人能坐在办公室敲敲电脑，发发文件，看看股票，再不济的扫扫大街，捡捡废品，都能挣到钱。小时候在农村，靠的就是那一亩三分地，当时门前有两口大池塘，是老爸整修用来养鱼的，由于地势条件不好，池塘老漏水，所以不得不在池塘埂周边铺上塑料薄膜，以防渗漏。

一日，午饭过后，我玩性又起，带上自制的小漏网来到池塘边捞上游弋的小鱼苗，然后装到玻璃瓶里，这是我经常干的无聊小事之一。平时都是得心应手的，但是那天不知怎的，小鱼苗老是往中间游，我的小短手够不着，就使劲够，使劲够……

由于池塘边上的薄膜太滑，然后我就慢悠悠地滑进水里去了，不是"扑通"一声，是滑下去的，无声无息。

悲剧的是，我不会游泳，为什么老爸是游泳健将，儿子却不会游泳呢？但我就是不会游，我的双手双脚开始使劲扑腾，但因周边没附着物使不上力，可怜我当时正值大好年华，难道一代顽童就此告别人世？我还约了隔壁燕子第二天放学跳房子（一种游戏）呢！

还没来得及后悔，一会儿工夫，我就被无情的池水没过了头顶，当时四周特别安静，想叫也叫不出声，呛了好几口水。然后我突然感觉到拼命挥舞的小手有了着落，便不顾一切地抓住，再然后我就躺在了池埂上，不省人事。

据老妈透露，当时家里水缸里没水了，由于水井在屋外，就让老爸出来挑水，当老爸路过池塘的时候，看见水泛微波，一缕青丝正漂浮在水面，然后老爸扔下水桶，纵身一跃，我才得救了。后来老爸说，如果当时他上个厕所再出来挑水，恐怕……看来一代顽童命不该绝啊，只是从那以后，我对水就有一种恐惧感，也始终没有学会游泳。

挖折耳根

有段时间，为了生计，家里种了大片蔬菜，做起了蔬菜生意。那段时间，我每天放学之后，就直奔菜市场，帮忙卖菜，收钱算账。因为我是小孩子，又特别可爱，所以买菜的人们总是愿意光顾我们家菜摊，算账算错了也不跟我计较，还夸我懂事，所以我也乐此不疲，很放得开。

因为自家种的菜太少，品种也不多，所以老爸老妈每天都得到几十公里外的县城批发蔬菜回来在乡上集市卖，只是有些蔬菜的批发价不太合理，也不新鲜，有时还断货，还不如自己种，自己找。譬如有段时间折耳根（鱼腥草）质量不好，价格也有点高，所以我就每天扛上我的小锄头，田间地头到处转悠，不为别的，只要看到折耳根就开挖，每天也都收获满满。

　　一日，我照常带着我的战利品回到家，正想炫耀呢，不料老爸一巴掌过来，直接把我打蒙，正莫名其妙，还没来得及哭呢，眼见老爸转身抽荆条去了，方知大事不好，但是我也不敢动，按照经验，敢躲的话下场更惨，也不敢顶嘴，否则罪加一等。所以我只能立在那儿，扯开喉咙大哭，希望奶奶能及时出现将我护住。然而并没有，只好结结实实地挨了一顿揍。

　　打完了，老爸才来问我，折耳根哪儿来的？我说我自己挖的啊。在哪儿挖的？！在××坡上，在××田埂上，我一一招供，也没觉得不对啊。后来才知道，我当时只顾挖折耳根了，没想到把三爷家的田埂给挖塌了，豁然地留着一个大缺口，田里的水也流干了。三爷在外面骂骂咧咧好几个小时了。没办法，挨完打了，还得去赔个礼道个歉，然后把田埂给人家补上。

蝉蜕换钱

　　自古巴蜀大地物产丰富，小时候经常想方设法靠山吃山，不知有没有人知道蝉蜕，就是知了从幼虫蜕变到成虫时留下的壳。每当夏日来临，一场暴雨过后，知了幼虫就会从泥土里钻出来，爬到树梢上、草叶上、秸秆上静悄悄地蜕壳，最后变成成虫，也就是那些趴在树干上发出噪声的会飞的知了。

知了幼虫的壳可以入药，具体的功效我不清楚。每年的夏天，各大药材收购商就开始贴出药材收购明细，包括种类、价格、要求等。因为蝉蜕容易找、价格高，所以也就成为了我们一帮小朋友赚取零花钱的渠道。只要有时间，我们就三五成群，结伴出去捡蝉蜕，由于知了幼虫喜欢附着在柑橘树叶上蜕壳，所以基本上只要有柑橘林的地方，就有我们捡蝉蜕的脚印。

蝉蜕虽然价格高，记得当时应该是在十三块钱左右一斤，但是因为蝉蜕很薄很轻，不压秤，根据经验两百个左右才有一两，所以往往耗费大半个月也凑不够一斤。但是小伙伴有自己的办法，能保证三百个左右就有二两多，那就是往蝉蜕里面灌一点泥土，必须是那种黏土，怎么倒怎么翻都掉不出来的那种。

不过这种方法我也只用过一次，当我把动过手脚的蝉蜕拿到收购商那里时，我战战兢兢、紧张到小心脏突突地快要从胸口蹦出来，生怕被发现。但收蝉蜕的大哥用手在装蝉蜕的口袋里翻了翻，貌似并没发现什么，然后称重量，忽见他眉头紧蹙，一丝凉意瞬间掠过我的额头，难道要穿帮了？大哥看看秤，看看蝉蜕，又看看我，然后笑嘻嘻地对我说："不错啊，有八两啊，考考你，二十八块一公斤，我要给你多少钱？"其实我早就算好了，脱口而出"十一块两毛"！然后手里攥着钱赶紧逃离了。后来再也没干过往蝉蜕里掺泥土的事，总觉得不踏实，还是老老实实挣钱最心安！

小时候的趣事儿真的挺多，一下两下说不完，比如跟表妹爬到树上摘李子，表妹只顾接李子，一头扎进了泥田里，拔不出来，脏得一塌糊涂；把两只蚂蚁抓来打架，让它们嘴对嘴互咬，乐此不疲；把竹笋虫抓来折断带刺的脚，用竹签穿着给自己扇风，玩腻了再把它们丢进油锅炸了吃，倍儿香；老爸把电视锁在房间里不让看，我就伙同邻居小伙伴翻墙进去听"大风车啊，吱呀吱哟哟地转……"结果还没等翻出来，就被老爸撞见，没说的，又是一顿毒打；伙伴们三五成群到山上扒小小的野地瓜，看谁扒得最大、最多，回家倒在盆子里用清水冲洗，放在嘴里，香味四溢；冬天撒一把碎米在院坝里，在中间支个竹盖子，下面用短木棍儿轻轻撑着，再在木棍儿上拉根绳子，自己拽着绳子的一头躲到旮旯里，待麻雀下来啄食米粒，一拉绳子，小麻雀叽叽喳喳全都在里面；没事儿蹲在田里，用黏土捏一堆小人，胡乱排开，然后就开始攻城略地，嘴里还念念有词："冲啊，杀啊，你死啦！"惊天动地；夏天夜里没事，把灯开着，开始比赛打蚊子，先把能看见的趴在墙上的蚊子一一打死，然后再把自己白花花的手脚伸出来，吸引蚊子前来吸血，待其吸血正酣时，啪一下拍死，最后将蚊子尸身放在桌上一字排开，看谁的最多；总觉得橙子太酸，所以每次都是先戳个小洞，灌一勺白糖进去，放一会儿，待白糖溶得差不多了，把嘴凑到洞口，使劲吸，同时用手使劲地挤，乐趣无穷啊；当狗睡着的时候，用手指轻轻地刮狗的脚掌，尤其是脚底的那一撮毛，然后狗腿子就会一抽一抽的，原来狗也怕挠痒痒。

…………

小时候，多么有趣啊，乡村生活多么富有诗意啊。只是岁月流逝，老家窄窄的机耕道变成了宽敞的水泥路，小青瓦房也变成了三层小楼房，小伙伴们也都各自成家，散落在五湖四海。童年再也回不去了，但我也坚信，只要心态年轻，生活中无处不是乐趣，用心感受，用爱发现，偶有回味，也是幸事！

爷爷写春联

快要过年了，但总感觉现在的年味一年不如一年，还是以前过年更有感觉，送春联、写春联、放鞭炮、看花灯等活动，总是让我忍不住回味，尤其是送春联和写春联。

小时候，最早是有专门走街串巷送春联的人，他们挨家挨户敲门，手拿春联，口吐莲花，说唱着一大堆吉祥祝福话，逗得主人家开怀大笑，然后将春联适时递给主人家，而主人家为了讨个彩头，会给送春联的人一些钱或者其他能换的东西，我觉得这种形式很好，只是现在再也看不到了，十分可惜。

后来每年春节前几天，爷爷会从集市上买来许多红纸，剪裁成与门框宽窄相近的条幅，拿出他那支洗得发白的毛笔，喂足墨汁，再找几张废旧报纸练好笔头，将裁好的红纸叠成方格抖开，平铺在饭桌上，就写起了春联。

写春联是个讲究活儿，爷爷总会让我帮忙抻纸，他每写完一个字，我就轻轻地拉过一个写字格，小心翼翼地将写好的春联平放在桌上等待晾干，生怕有丝毫褶皱流墨的瑕疵。写毛笔字，爷爷虽不是名家，却颇有大家风范，他左手按纸，右手蘸墨，不假思索笔力遒劲的"福"字便已回锋收笔。不一会儿，屋子里就摆满了大大小小的春联，空气中到处弥漫着清新的墨香。

爷爷虽然学历并不高，常年干农活儿手指皲裂，但却是饱读诗书，也写得一手好字。平时村里只要有婚丧嫁娶，大家都要找爷爷写上几副对联，他总是来者不拒。一进入腊月，找爷爷写春联的人更是络绎不绝，有的胳肢窝里夹着几张红纸，手里拿着笔墨，有的索性什么都不拿，但爷爷总能笑脸相迎。寒暄过后，爷爷摆好桌子，拿出笔墨，从抽屉里找出裁好的红纸铺平，挽起袖子拉开架势，一撇一捺行云流水，从容淡雅间将书法的神韵展现得淋漓尽致。

找爷爷写春联的人，鲜有讲究内容的，通常来家里讲几句客套话就直奔主题，让爷爷随便写几副就行。说者无意，听者却有心，写对联关系到邻居的门面和爷爷的脸面，可不敢大意。爷爷翻开他那本破旧的万年历，反复斟酌比较选准对联，要是没有合适的他就自己拼凑修改，虽谈不上平仄有致，读起来倒也朗朗上口。

腊月三十这天，村里每家每户都会贴春联。奶奶把一撮白面粉放到小锅里，倒一点冷水，搅拌成粥状，然后放在炉火上边加热边搅拌，一会儿糨糊就熬好了，等到冷却后，我站在小板凳上用筷子往门两边的墙上一抹，春联就贴上去了，霎时间，年味十足。看着家家户户都贴上了自己手写的春联，爷爷脸上的笑容，如同奔涌的浪花，荡开冬日的阳光，激荡我澎湃的心潮。

在物资匮乏的年代，一张红纸，几副对联，足以红红火火过大年。有春联，才够年味。

千百年来，无数文人墨客把提联作对作为人生一大乐事，最为脍炙人口的莫过于《兰亭集序》中的"流觞曲水"了，"一觞一咏，亦足以畅叙幽情"是何等悠闲开阔！王安石"千门万户曈曈日，总把新桃换旧符"描写的又是怎样一派欣欣向荣的景象？透过历史的尘埃，在具有两千多年历史的春联中，我们依然能真切地感受到古人对美好生活的向往和期待，在漫长的岁月洗礼和文化积淀后，春联以极其简短精巧的文字，彰显着中华民族友善、淡泊、乐观的精神品格。

春联是一种独特的文学表达形式。透过春联，我们都能深刻地感受到博大精深的中华文化，从深厚的文化底蕴中汲取养分，在争奇斗艳中永葆亮丽底色。这本身就超越了我们固有的审美情趣和价值观念，并提供源源不断的精神力量，指引着我们不断向前迈进。

无联不成春，有联春更浓。随着时代的发展，春联被赋予更多深层次的内涵，不同的人群、职位有着不同的语句表达，但辞旧岁、迎新春的基本含义却始终相通。不论是长城内外，还是大江南北，春联永远是中华文化长河中的一朵璀璨浪花，蕴含着中华文化的底蕴与精髓，承载着中国人的集体记忆和乡愁。跳动在笔尖上的年味，荡漾在波澜不惊的时间里，贯通着我们的生命之路。

如今，集市上的春联大多都成了印制品，各种字体和内容的春联铺天盖地，花样不断翻新升级，与此同时，春联独有的内涵却淡了，缺少了一笔一画间我们对生活的耐心和细致，那股浓浓的墨香味，再也找不到了。我不禁在想，是物质生活发达了，还是我们的精神世界更加空虚了？

这是时代之问，需要我们每一个人去认真回答。

父亲教我"捡狗屎"

　　有句话说："农民靠三宝，没有三宝活不了。"以前在农村待过的，应该都知道"三宝"是指"土地、牛和肥料"。在过去农村里，农民没有这三样东西，是很难生活的，甚至对有些家庭来说，失去其中一样，都可能面临全家挨饿的情况。

　　对我而言，尤其对"三宝"之一的肥料颇有感触。因为那时候化肥普及时间不长，农村家里用的肥料基本还是以农家肥为主，加之家里穷，化肥真就是个稀罕物。父亲偶尔奢侈一下，买一小袋化肥也只能省着点，并搭配农家肥一起使用。小时候家里种较多果树，农家肥时常不够用，而在农村，低成本的狗屎、牛粪无疑是上好的农家肥来源，所以，出生于 20 世纪 80 年代农村的我，算是赶上了中国最后一批有幸"捡狗屎"的人。

　　那时候，每当放学回家，做完作业，父亲就递给我一个竹兜，一把竹夹，我就光荣上岗，开始满山遍野四处捡狗屎。家里穷得连手套都没一个，但根本也顾不得脏臭，丝毫不影响我操作，毕竟也算难得自由放风的时间。村里也有一起捡狗屎的伙伴，但他们大多数家里没有我家种的东西多，农家肥需求量也就没那么大，所以他们出来捡狗屎大多是为了陪我，因为我是有任务量，有考核标准的。父亲规定，必须捡满一竹兜才能回家，哪怕天黑了下雨了，都是如此。

狗屎捡得多了，也生出些经验来，哪些地方的狗屎多，哪些地方的狗屎更易得，都了然于心。有趣的是，那段时间，全村的狗都熟识我了，当然还包括邻村的。所以，每次捡狗屎，我身后都跟着一群狗，只见我左手提兜，右手拿夹，犹如带头大哥，后面还有一帮"追随者"，这画面至今仍然记忆犹新。

但也不是每次都能完成任务，有好几次，因为实在找不到更多的狗屎，或者只顾着贪玩，捡不满一竹兜，天黑了只能硬着头皮回家，看着我略显紧张的样子，父亲往往不说一句话，接过竹兜，然后叹息着摇摇头，只吩咐我洗手吃饭。那时候，我以为父亲是对我没有完成任务失望。但长大后，才明白，父亲的摇头叹息，更多的是对自己无法改变当下生活困境的无奈和对儿子的一丝愧疚。

狗屎捡回家后，不能直接使用，还需要沤肥，就是倒入农家化粪池，同其他腐物混合，发酵得差不多了，慢慢就成了农家肥了，就可以兑着水使用了。每当这时候，父亲就会拿来粪当（带长柄的大勺子）、扁担和粪桶，往每个桶里舀两勺粪当农家肥，然后兑满清水，父亲将粪桶上面绳扣调整到扁担两头合适的位置，弯腰蹲下身，扎下马步，两手分别握紧两头粪桶上方的竹夹子，父亲闷哼一声，扁担弯了，粪桶应声离地……

小时候，看着父亲就这样担着农家肥一趟趟去往菜地、果园、稻田……看起来很轻松，但我后来尝试过，真是很吃力，因为两粪桶的农家肥加起来足有百来斤，我跑一趟都吃力，父亲却每次来来回回至少几十次，日复一日，年复一年。如今回想起来，父亲担着农家肥穿梭于田地间的身影依然历历在目，随着扁担弯屈的，是父亲的脊背，随着清晨晶莹的露珠滑落的，还有父亲额头的汗水……

付出也是有回报的，因为有较多的狗屎作为补充农家肥，家里的果树、庄稼长势喜人，相邻两块地，我家种的东西就是比邻家的高出半个头，叶片也更绿油油。每当这时候，才能看到父亲一边擦拭着额头的汗水，一边露出久违的笑容。尤其是当果树上果实成熟的时候，父亲总是选一个最大的给我留着，让我品尝劳动带来的甘甜味道。诚然，狗屎是脏臭的，捡狗屎是辛苦的，但当我看到父亲脸上的笑容，看到果园里挂满果实的果树时，一切烦恼都忘记了。

随着时代的发展，以前的农村"三宝"早已成为过去时，如今，家乡农村土地很少用人耕种了，机械代替了牛，当然也不用再捡狗屎作为肥料了。但这么多年，我仍然保持着"捡狗屎"的初心，不怕脏不怕苦，能弯下腰，能珍惜当下，先苦后甜。我想，这也是当年父亲教我"捡狗屎"的真正目的。

故乡的晒场

　　生活在这座钢筋水泥搭建的现代化大都市，一切都很便利，我反而越发怀念小时候老家的夏天，那个到处扒野地瓜、摘桑葚、摸泥鳅的夏天，那个光着屁股在河沟里打水仗，渴了就蹲在地里抱着西瓜啃，困了就躺在晒场草堆里无忧无虑睡觉的夏天……

　　每一个场景都很有趣、有味道、有感觉，尤其是粮食丰收后在晒场守夜的那一幕幕，总是一遍遍清晰地浮现在眼前，仿佛就在昨天，着实令人无比怀念。

　　在故乡的记忆里，晒场是一片铺满阳光的地方，它不仅是丰收的象征，更是岁月留下的温暖印记，承载着乡亲们的汗水与笑语，孕育着我对这片土地深深的眷恋。

　　小时候，村上有几个生产队，而每个队上几乎都有一到两个晒场。可能现在的人很少能听到"晒场"这个词，对其不是很了解。但当时晒场的作用却是非常大的。顾名思义，晒场就是用来晾晒的场地，而晾晒的东西主要是当地产的农作物，比如稻谷、玉米、小麦、油菜籽、大豆等。因为那个时候水泥地院坝是很稀少的，更不可能每家都有，但是收割回家的粮食又急需迅速晾晒脱水，装入仓库便于储存，所以几乎每个生产队上都会修建一两个水泥地晒场，供大家晾晒粮食。

乡亲们起早贪黑，忙碌在晒场上。他们用木锨翻动着稻谷，让每一粒都能均匀地接受阳光的抚慰。汗水顺着他们的脸颊滑落，滴在热气腾腾的地面上，蒸发成一片片轻盈的雾气。那是辛勤劳动的证明，是对丰收最真挚的期待。

晒场不仅是农作物的晒干地，更是乡亲们情感交流的平台。在这里，人们分享着劳作的喜悦，讨论着天气的变化，讲述着家常的趣事。那些朴实的话语，那些深情的目光，都是晒场上不可缺失的风景。它们像是一缕缕细丝，将我们紧紧相连，编织成一个温暖的集体。

晒场是集体财产，队上所有人都有使用权，确实为大家晾晒粮食提供了便利。但是，也正是因为每家每户都有使用权，所以，在粮食集中收割晾晒的季节，就会出现晒场不够用的情况，大家就开始有计划地安排收割和晾晒粮食的日子，争取每家每户都能合理有效地使用晒场，而不影响粮食收成。

但这是比较理想的状态，实际上，很多时候，难免会出现由于天气原因、人为因素而导致晒场使用计划被打乱的情况，到最后，大家眼看着自家粮食就要烂在田地里，只能采取先到先得、谁占着就归谁先使用的办法了。在粮食收割旺季，往往几户人家为了争得晒场的部分使用权而闹得不可开交，大家也不想如此，但也没有什么好的办法，毕竟晒场资源有限，最后还是得坐下来相互协商，各自妥协，毕竟，民以食为天，保住粮食收成才是最重要的。

对于晒场，我最深的记忆，莫过于在稻谷丰收的季节，整晚躺在晒场边的稻草堆里守夜。为什么要守夜呢，因为粮食放在晒场不可能一天就晾干了，一般是白天铺开晾晒，晚上就收拢来用塑料薄膜或者竹匾晒垫将其遮盖，等第二天再将粮食铺开来继续晾晒，反复如此，直至彻底晾晒完成，装入仓库储存。守夜的目的，一是防止第二天有人来抢晒场的晾晒区域；二是防止夜里有小偷来偷粮食。毕竟那个年代，粮食是非常重要的，容不得半点闪失。

我们家，我就是那个守夜的人。因为我那时候还小，白天帮不上什么忙，毕竟收割粮食都是一些体力活，我充其量也只能给父母亲打个下手。相比而言，晒场守夜对我来说是较为轻松的，什么也不用干，躺在晒场草堆里睡觉即可，而父母亲也可以趁机在家好好休息，准备第二天的繁重劳作。

回想第一次晒场守夜，我的心情是既激动兴奋又有点害怕。毕竟是小孩子，一想到能在晒场睡觉，以天为被，以地为席，没人催，没人管，也不用做作业，确实很兴奋。又想到，晒场离家里还是有点距离的，整晚都只有我一个人在晒场，确实也有点害怕。但后来证明，我的害怕是多余的，因为，晒场守夜的远不只我一个人，还有很多白天一起玩的小伙伴，都来守夜了。

守夜的那一整晚，变成了我们这群小孩子的狂欢之夜，整个晒场热闹非凡，有相互分享提前准备的零食夜宵的，有聚在一起继续玩白天玩的游戏的，有拉帮结派相互干架的……只听得一群小孩子叽叽喳喳说个不停，欢声笑语，此起彼伏，每个人都觉得刺激好玩。

跟其他小伙伴玩累了，我跟同样来晒场守夜的表哥就将扎好的稻草马扎立起来围成一个圆圈，然后在中间铺上一些干稻草，再将凉席铺在干稻草上面，一个简单的床就弄好了。实在困了就躺在凉席上，耳边是震耳欲聋的蛙鸣，头顶是繁星点点的苍穹，微风袭来，稻香阵阵，虽然没有手机电视，没有啤酒烧烤，无所谓蚊虫叮咬，无所谓稻草瘙痒，但是，无忧无虑，天真烂漫，那应该是儿时记忆中最美好的一个夏天的夜晚。

如今，晒场早已退出历史舞台，老家各家各户都有了自己的水泥院坝，晾晒粮食再也不用集中到晒场，不用抢晾晒区域，也更不用到晒场守夜了。每次回老家，都会经过曾经的晒场，而我也每次都忍不住驻足，仿佛能看到曾经在晒场上忙碌着翻晒粮食的父母，坐在晒场边上吧嗒吧嗒抽烟的爷爷，还有那一群光着脚丫在晒场周围嬉戏打闹的小伙伴……

随着岁月流逝，晒场也变得坑坑洼洼，甚至杂草丛生，无人问津。但我相信，关于晒场的记忆，却永远刻在了我们这群小伙伴的脑海中。

转眼间，我们长大了，晒场也老了，它就像一位年迈的智者，默默承载着粮食丰收的希望与喜悦，也见证着老家的改变与我们的成长。我不会忘记晒场，就像我不会忘记生我养我的故乡和自己的亲人一样，因为那是我的童年，也是时代的印记。

食堂记忆

今天周末，难得有时间陪陪儿子，带他去商场玩太空机械兔，然后看大电影，买他喜欢的玩具，着实把他高兴坏了，也算趁此机会给自己放个假，陪孩子度过一段亲子时光。最后累了饿了，陪他去吃他最爱的大米先生。

我知道儿子吃饭是老大难问题，所以一开始就嘱咐他吃多少拿多少，不要浪费，但最终他还是拿太多，最后吃不下。看着盘子里剩下的饭菜，我忍不住教训他，批评了他一顿，也不知道他听明白没有。

回家的路上，看着在前面一路蹦蹦跳跳的儿子，我心里突然觉得挺遗憾，遗憾的是现在的孩子再也无法体会我们小时候那种吃饭的乐趣，尤其在学校食堂吃饭的那些点滴记忆，到现在仍然让我无比怀念和感慨。

记得刚上小学的时候，午饭都是我们自己准备，学校里每一个人都有一个铝制饭盒，有的饭盒上用红笔写上自己的名字，有的是直接用小刀在上面刻上自己的名字或做一个其他标记。如果第二天要上学，那么头一天晚上父母就抓一把米丢进饭盒，然后塞进书包。第二天上学，一到学校就各自把自己的饭盒掏出来，送到学校的食堂。

与其说是食堂，其实也就是一个厨房，而厨房里只有一个设备，就是硕大无比的甑子。没错，一个学校，所有孩子的午饭全靠这个大甑子。食堂师傅会把所有孩子的饭盒按年级班级简单区分一下，比如一年级的就放在甑子一层，二年级的放在二层，三年级的放在三层……饭盒分层放好后，需要将所有饭盒的盖子全部揭开，然后往饭盒里加水，然后就是盖上大甑子的大盖子，烧起煤炭，将水烧开，把饭盒里的饭给蒸熟。

学校食堂往往只有一个师傅，由于饭盒很多，为了节省时间，根本不会再把饭盒盖子一一盖回去，更不会有淘米的过程。即使这样，师傅都要花上一上午的时间，从早上忙到中午，才能将一个学校里几百号师生的饭给蒸熟，真算得上是一项大工程。

那时候，每到临近中午开饭时间，我们几乎都无心听课了，眼睛不自觉就飘向了学校食堂方向。只见食堂上方先是黑烟滚滚，那是煤炭燃烧的产物，之后是浓浓的白烟升起，那是甑子下面水开了，水蒸气升腾起来了，也就意味着饭快蒸好了。好不容易挨到了下课铃声响，大家带上筷子勺子一窝蜂奔出教室，冲向食堂，场面很是壮观。

食堂师傅会提前将饭盒从甑子里取出来，一层的放一堆，也就是一年级的饭盒会放一堆，二年级的会放在一堆，以此类推。虽然是分堆放了，但是我们那时候一个年级也有一百多人，所以也就意味着大家至少要从一百多个饭盒里找到自己的饭盒，才能有午饭吃。学校食堂，每天中午找饭盒的场面，是十分热闹的。一堆人围着一堆热气腾腾的饭盒，噼里啪啦不停地扒拉。

那时候，所有人的饭盒几乎都是长方形的铝制饭盒，材质和外形都一个样，所以饭盒上的名字或者标记就显得尤为重要了。为了迅速找到自己的饭盒，早点吃上午饭，大家都费尽了心思。除了写名字和做常规标记，有的人将自己的饭盒全部涂上红色，有的人在饭盒上钻一个孔绑一个环，有的人甚至故意把自己的饭盒给整成异形……就为了能在一堆饭盒中"脱颖而出"。

即便这样，每天中午仍然有找不到自己的饭盒或者拿错别人饭盒的情况，到最后实在找不到自己的饭盒，只能在一堆无人认领的饭盒里随便挑一个将就吃，就当作自己的临时饭盒，毕竟不可能找不到自己的饭盒就不吃饭了。第二天，自己的饭盒往往又神奇地出现在食堂里。大家也从来不介意，毕竟每个人的饭盒里都是白米饭，没什么区别。

可能大家会问，饭盒里都是饭，那吃什么菜呢？那时候，学校食堂里没有买菜做菜的条件，我们每天都从自家带菜，最常见的无非就是家里自制的咸菜、馒头和各种头一天晚上的剩菜。上学的时候找个小盒子或者袋子装上，等到中午就拿出来就着热气腾腾的白米饭吃。

在我儿时记忆中，我最常吃的就是那种当时一毛钱一小袋、十块钱一大包的红油大头菜丝。因为是红油的，所以吃起来咸咸的、辣辣的，还有一点甜甜的，很下饭。我记得那时候家里每次都是买一大包，每天给我塞两小袋在书包里，就当是中午的菜了。可惜现在买不到了，但那种味道依旧能回味，仿佛就在舌尖。

再后来，学校食堂外包了，师傅会将饭菜集中做好，我们就不再带米带菜去学校吃甑子饭了，而是用钱买饭票、菜票，凭票打饭打菜。我记得菜票是按照价格区分的，有五毛和一元面值的菜票。而饭票是按照重量区分的，有一两、二两、三两三种饭票。每个月初，父母会把钱给我，嘱咐我买这个月的饭票和菜票，平时一根冰棍儿五分钱、一颗棒棒糖两分钱，所以对我来说，一个月的午餐费绝对是一笔巨款。为了能省一点钱买零食吃，我一般会将大部分的钱用来买饭票菜票，剩下一点点偷偷用来买零食，即使偶尔几顿不吃菜也行。但也不是每次都能成功，记得有两次就被父亲发现了，挨打是跑不掉的，一个月买一次饭菜票也变成了一周买一次饭菜票，而且买回来的饭菜票必须要第一时间交给父亲核对数目。

即便如此，嘴馋的我仍能想到办法，就是将自己的饭票菜票低价卖给其他同学，换到钱继续买零食吃。难以想象那时候一小袋亲亲虾条、一小袋福满多方便面、一根老冰棍儿、一根麦芽棒棒糖，对我们的诱惑有多么大。

到了初中，学校里就有了稍微像样的食堂了，那时候叫"伙食团"。说是食堂，其实仍旧无法"堂食"。食堂师傅有三个人，他们每天负责买菜做饭，虽然我们也再不用带饭带菜去学校，也不用再买饭票菜票了，但是每天中午吃饭仍旧是一个浩大的工程。

由于食堂很小，没办法"堂食"，所以每天中午下课前，食堂师傅就会把做好的大锅饭、大锅菜按照班级提前分装到几个桶里，一般是一个班分到一桶饭、一桶菜、一桶汤。等到中午下课了，各班级的生活委员或者班长就负责到食堂将各自班级的饭菜汤提到操场上固定区域，然后班上同学就拿着各自碗筷去桶里自行打饭、打菜和盛汤。因为操场上也没有桌椅板凳，所以大家打完饭菜，各自找地方就餐，有的同学返回教室边看书边吃饭，有的就地蹲在操场上吃，有的坐在花坛边上吃……

我的初中每个年级有三个班，所以总共就有九个班，每天中午，操场上就会有九个打饭分菜的区域，人头攒动，好不热闹。虽然，那时候饭菜很简单没有多少种类，也没有明亮宽敞的可以"堂食"的食堂，但是，我们所有人都吃得很香，很满足，也很有趣。

那时候一般是男生跟男生扎堆，女生和女生扎堆，吃饭也一样。我们一群男生经常打完饭菜就蹲坐在操场边的花坛边大快朵颐，不一会儿就各自将碗里的饭菜吃个精光。吃完之后，我们一群人都有一个一致的结束动作，那就是喊一、二、三，然后统一将自己的饭盒或者碗筷啪地一声摔在地上，然后再把脏兮兮的碗筷捡起来去洗干净。也不明白为什么会有这样的动作，却十分有趣，常常惹得旁边吃饭的女生们笑得前仰后合。

还有的男生专门捉弄女生，从女生碗里夹肉吃，咬一口再放回女生碗里，被女生嫌弃将整碗饭倒回男生碗里；有的男生将自己从山里挖来的小麻芋子悄悄扔进女生饭盒，待到女生吃到之后嘴麻得不行，含着眼泪追着男生打；有的男生将吃饭的筷子弄丢了，就等着别人吃完了赶紧借过来随便洗洗继续吃，或者去院墙外折一根小木棍子当筷子使……

这些都是小时候学校食堂的记忆，也是专属于我们那个年代的特殊时期的学校食堂的真实情况。纵使多年过去，每当回

愿有岁月可回首　且以深情共余生

忆到这些，我都会情不自禁地嘴角上扬，但也有些许遗憾，毕竟再也回不去了，现在的孩子们也没有机会体验到这些了。

或许等儿子再长大一点，我会跟他仔细讲讲我小时候的食堂，那段特殊而充满趣味的学校午餐时光，让他真正体会到吃饭的乐趣，明白珍惜粮食的意义，以及如今美好生活的来之不易。

雷州散记

　　在这个充满挑战的世界里，打工的父母是最值得尊敬的人。同时，他们也是这个世界上最坚韧的人，他们用自己的方式诉说着爱的故事，用无声的语言诠释着生活的真谛。

　　那年夏天，因为父母在雷州一家工厂打工，所以，趁着暑假时间，我坐了近四十个小时的绿皮火车，先到达湛江，然后再坐汽车到雷州，耗费了两天一夜的时间，终于抵达了父母所在的工厂。

　　工厂是做木板加工的，因为雷州半岛上种着很多桉树，取材容易，所以工厂就从原来的东莞搬到了雷州的一个小镇上。小镇不大，人口其实也不多，家家户户都种植大片桉树，其余的就是大片的甘蔗、菠萝、香蕉和荔枝。在雷州的两个月，我几乎天天都吃各种水果，还有海鲜，因为毕竟雷州属于中国最南边的靠海城市。这对于我这样一个一直生活在四川，没有见过大海的人来说，是非常具有诱惑力的。

　　父母都住在厂里的职工宿舍，宿舍是由当地一所废弃中学教学楼的教室改造的，自己取些木板，墙上糊些报纸，再弄块破布挡着窗户，也就将就住了。因为工厂人多，所以一间教室往往要被分隔成好几间工人宿舍，每一间也就大概十平方米大小，里面放置着木板搭的床、自己钉的板凳和桌子，以及一些简单的生活用品，就算一个简单的家了。

说是家，是因为，那时候出来打工的，基本都是一家人或者亲戚，或者都来自同一个地方，很多都是夫妻或者兄弟姐妹，大家在同一个工厂，相互也有个照应。我记得父母所在的这个工厂，大多都是湖南人和四川人，生活习惯和语言啥的都相差不大，因为厂里效益一直还可以，所以很多老员工都在这个厂做了很多年了，厂搬到哪里，这些老员工就跟着迁到哪里，成了名副其实的广漂劳工。

父母的宿舍在教学楼三楼，顺着脏兮兮的楼道走到拐角处一间教室，教室被分隔成了四个隔间，住着来自四川的不同的四个家庭。由于隔间很小，只能放一张床，我到了之后，父母就把床让给我睡，父亲找来一块木板，铺在地上，和母亲就睡木板上。由于木板隔音很差，所以基本上隔壁房间的人说话，都能听得清楚，尤其是有的人要上夜班，白天需要睡觉；上白班的人，中午回宿舍弄饭菜的声音就扰得人心烦意乱，不过也无计可施。

宿舍楼卫生间是公用的，在走廊的尽头，洗澡间在宿舍楼下五十米远的地方，也是公用的，一边是男洗澡间，一边是女洗澡间，只有一墙之隔，每一边只有一排水龙头，甚至连挂衣服的地方都没有，下班时间，工人们就你拿着盆，我提着桶，将本不大的洗澡间挤得满满当当。

宿舍楼和厂房之间，有个废弃的篮球场，工厂搬过来之后，有爱好打篮球的年轻工人就自己动手将篮筐篮板修整了一下，然后下班时间，就能看见三五个年轻人在篮球场奔跑、投篮，只不过他们总觉得施展不开，因为篮球场上不时摆放着几大托盘的木板，还有进进出出拉货的车辆。

父母亲在工厂里的工作是很辛苦的，母亲早上八点上班，一直要干到晚上七点，要一直弯着腰给木板抹灰打胶，胶水的味道很重很刺鼻，而且长期接触，还具有一定腐蚀性，所以必须戴着胶皮手套，往往一天下来，脱下手套，手就被捂得煞白煞白的，腰也累得直不起来。而父亲上夜班，晚上六点半上班，次日早上七点才下班，主要工作是徒手将木板送入压制机进行压制，木板很厚重，一般需要两个人配合，一人站一边，压完一张再压下一张，不断重复。

压制机房里温度异常高，最高能有四十多摄氏度，父亲的汗水也就没有停过，一晚上下来，几乎没有一处衣服是干的，就是这样繁重的体力活，个子瘦小的父亲一干就是十年，导致后来罹患严重腰椎间盘突出和风湿病，长期忍受病痛的折磨。那时候，我还不懂事，总是什么事都想着要跟父母亲对着干，叛逆的日子里，没让他们少操心，现在想来，也是极其惭愧的。

工厂所在的小镇上，有一条不长的街道，街道的尽头有个不大的市场，市场里有卖衣服的、卖菜的、卖水果的、开餐馆的、理头发的……还有一间诊所和小超市，以前并不热闹，但自从工厂搬来后，街上的人也变多了，也更有活力了。每到下班时间或者节假日，就有成群结队的工人到街上买东西、吃饭，带动了当地经济的发展。

一开始，工厂的人很难与小镇上的人进行沟通，毕竟小镇上的人很少讲普通话，人们相互听不懂，要买东西，全靠比画，往往要手脚并用，半天了才能搞清楚对方要什么。后来，随着时间的推移，工厂的湖南人和四川人慢慢地学会了些方言，也就勉强能进行简单的沟通交流了。因为湖南和四川的工人较多，所以街上卖辣椒的也多了，当地人以前不吃鲢鳙鱼，送人都没人要，后来因为工厂里的人都来买鲢鳙回去做麻辣水煮鱼，当地鲢鳙等淡水鱼的价格也水涨船高了。可以说，父母所在的工厂给当地小镇经济带来了活力，也影响着小镇上人们的日常生活。

　　在雷州那段时间，父母一有时间就带我到工厂各个车间转悠，看到正在做工的朋友，会热情地向他们介绍我，并告诉他们，我学习成绩好，唱歌也好听，极尽夸赞之词，仿佛我就是他们唯一的骄傲，是他们外出打工、艰难度日的最后尊严。

　　而工厂里做工的大多数人，谁又不是如此呢？与父母孩子分别，背井离乡，住简陋的宿舍，吃最便宜的饭菜，干最累的活儿，有时候连一包最便宜的烟、一瓶最便宜的酒、一件最便宜的衣服都舍不得买，省吃俭用，将钱按时寄回老家，只为孩子能正常上学，父母能有钱买药治病，妻子或丈夫能在别人面前光鲜靓丽一点……他们虽然弱小，但却用双手撑起了各自背后的家庭，他们别无选择，只是在拼命努力地活着。

　　因为只是暑假过去待一小段时间，父母并未给我安排其他事情，只每天叮嘱我把作业做完，然后就任由我自由活动。人生地不熟，我只能骑着单车在工厂周围和镇上四处闲逛，然后顺带买些菜回去，提前把能做的菜做好，等着父母下班吃饭。

雷州的天特别蓝，很高很远，空气也很好，因为离海边很近，深吸一口，能闻到海水的味道，而镇上路边有很多的含羞草，没事的时候，我总喜欢俯身观察它们。雷州的天气说变就变，经常上一秒还是艳阳高照，下一秒就狂风大作，雷雨交加，人们急忙躲到最近的屋檐下，抱怨这阴晴不定的天气。而大颗大颗的雨珠，却直接落下打在柔弱的含羞草身上，震得它慌乱收起叶片，垂下枝干，孤零零在风雨中飘摇。

不过等风雨过后，含羞草又悄悄舒展开叶片，挺直了茎，迎着雨后的阳光，倔强地对着天边的彩虹微笑。

愿有岁月可回首　且以深情共余生

在乌干达"摸"鱼的日子

　　人生，就是不断经历种种，不停捡拾时光的碎片，装满自己记忆的口袋的一个过程。这个过程的奇妙之处，就在于谁也不知道明天会是怎样，后天会在哪里，一切都充满着令人向往的未知，又有哪些碎片会被最终铭记。而于我而言，在非洲乌干达"摸"鱼的那段时光，无疑是我记忆口袋中，始终闪闪发光的一块宝石。

　　非洲，一个充满神秘色彩的大陆，它的每一寸土地都蕴藏着古老的传说和未知的奇迹。而从小生长在中国大陆西南大山深处某一个小村庄，祖上几代从未踏出过国门的我，居然能跟万里之外的非洲大陆扯上联系，不能不说是冥冥之中的命中注定。

　　那年，从大学毕业以后，我选择留校，在学校图书馆待了小半年，然后在我把学校图书馆里我喜欢的图书都几乎翻了个遍之后，就感觉实在有些无聊，索性辞职到一家外企工作，然后被外派到深圳、上海等地学习转悠了一圈。回到成都，偶然得到了前往非洲"摸"鱼的机会。说是去"摸"鱼，其实是接受指派去一个叫乌干达的东非国家，在一个援非农业项目上工作，而这个项目的主要任务就是向当地人传授和示范中国先进的养鱼技术，因为整天跟鱼打交道，所以我的朋友们都调侃，我是跑到非洲"摸"鱼去了。

乌干达，地处非洲东部，横跨赤道，东邻肯尼亚，南接坦桑尼亚和卢旺达，西接刚果（金），北连南苏丹，总面积二十四万一千五百五十平方公里，相当于半个四川，平均海拔一千至一千二百米，有"高原水乡"之称。以前我总觉得，非洲肯定到处是沙漠，还有一望无际的大草原，严重缺乏水源，但到了乌干达之后，才发现，原来非洲也有高山、峡谷，也有森林、沼泽，甚至有世界第二大淡水湖——维多利亚湖。在乌干达工作了数年之后，我越来越喜欢这个地方，它不仅是东非明珠，更是我心中的乌托邦，一个让人工作和生活都感到无比愉悦的地方。

初到乌干达时，我因为无法适应当地人的英语发音而苦恼不已，总是听不明白他们在说些什么，感觉自己多年英语也白学了。好在项目上的同事及时为我加油打气，慢慢地也就能听懂一些了，再加上当地人教授我的肢体表达法，沟通问题是基本解决了。

其次就是吃的问题，在基地的时候那自是不必说，我们张师傅是高级厨师，又是四川人，饭菜可口，基地里的所有同事无一例外地长胖了。但因为工作的缘故，我也会经常深入到乌干达的原始部落和乡村，给当地人讲授养鱼知识和技术。当地人十分热情，看到我们的汽车，老远就会激动地吼叫，并用手不停拍打自己的嘴巴，以示对我们的欢迎。他们会拿出最好的食物，尽管只是一些小麦面饼（当地人称作"Chapatie"）和煮烂了的香蕉饭（当地人称作"Matoke"），有时是玉米面和木薯粉，还有加入了番茄、豆子、鸡肉或牛肉煮熟后的混合汤汁，食用方式很简单，就是用手抠一坨香蕉，捏吧捏吧，再蘸一些混合汤汁，然后直接放入口中品味。一开始，实在无法下咽，但时间久了，却也觉得味道不错。

无论职位高低、家境贫富，乌干达人都不用筷子，平时吃饭就一个勺子，一盘主食，一碗大豆番茄汤，用手取一块主食，在手里捏一捏，然后蘸着大豆番茄汤放入嘴里一口吞下。看到他们都吃得津津有味，我忍不住尝试，如果喜欢吃辣，还可以放一点当地的野山椒，第一次觉得香蕉蒸熟了蘸着汤吃也还不错。值得一提的是，因为要用手直接接触食物，所以他们一般会在餐厅门口放置一个桶，桶下部有个简易水龙头，桶旁边会有一小块肥皂，每次用餐前后，方便用小肥皂先洗洗手。

当然如果有幸去商场吃饭，那选择的余地就多了起来，牛排、烤排骨、沙拉、果汁、米饭等都是有的，乌干达共有两家肯德基快餐店，想吃炸鸡腿、汉堡和可乐也是可以办到的。另外，很多中国人也在乌干达开办了很多各种层次的餐厅和酒店，确保在乌干达也几乎能吃到国内各地的美食。还有各种日式、韩式料理餐厅，但是，价格也是真的不便宜。偶尔我们会出去奢侈一下，随便吃一下，就是几十万先令，约合几百上千块人民币。

乌干达原始部落和乡村的人非常淳朴，他们大多数没有接受过任何的学校教育，不会讲英语，不会算数，不识文字，在他们眼里，我们就是最有学识的人，也许也是他们一辈子都无法企及的高度。我印象最深的是，有次去到一个非常偏远的部落里，一群天真无邪的孩子，看到我们车子到了，一哄而上将我们围住，他们全都裸着上身，光着脚丫，一个个因为营养不良腆着肚子，努力往前面挤，但又不敢十分靠近我们，只是睁大了双眼，滴溜溜望着我们，然后露出一排排大白牙，憨憨地笑。

　　我们给村里的当地人授课是一个非常艰难的事，抛开简陋的场地和设施设备，首先是语言上，因为他们听不懂英语，而且不同地方的人都说着不同的当地部族的方言，所以我们的授课场面，经常是这样：台上站着至少四个人，我们的技术专家用中文讲一遍，然后我翻译成英文讲给陪同的乌干达专家，他再用斯瓦西里语（乌干达大部分地区通用的一种语言）讲给当地的技术人员，最后由当地技术人员用当地的方言讲给下面的学员听……往往一句话，要花费好几分钟的时间翻译，再加上很多技术术语，当地人完全没接触过，无法理解，更无法贴切地翻译，所以更多的时候，就会看到四五个人在台上，一边讲着相互不怎么听得懂的话，一边手舞足蹈地比画着尽力演示，场面很是"壮观"……但即便如此，当地人依然十分认真地听课，努力地理解，因为，他们渴望知识，更向往外面的世界。

　　另有一次，我们坐着当地的独木舟，去往维多利亚湖中的一个小岛采购用于做鱼饲料的小鱼干，那是我这山中生长的孩子，第一次近距离接触如此广阔无垠的水面，举目远眺，水天相接，那种震撼，至今难忘。窄小的独木舟，如一叶浮萍，在维多利亚湖中漂荡，风浪不停拍打着船舷，仿佛下一秒就要将它掀翻。还好，在当地渔民娴熟的驾驶技术加持下，我们顺利抵达湖中小岛。

小岛不大，分成两边，一边密密麻麻挤满了木头和石块搭建的小屋，那就是岛上渔民的家，他们世代居住岛上，靠捕鱼为生；一边是乱石、杂草和垃圾场，也是他们的天然厕所。我们上岛后，因为天色已晚，只能在岛上留宿，但走遍了整个居民区，也没找到能下脚的房子。最后，在岛上领头人的安排下，勉强住进了一家"旅舍"，住宿费是一晚上两千乌先令，那时候折合人民币五元左右，那可能是我有史以来住过的最便宜的旅舍了。我住的房间仍然是石头加几根木头围起来，大概五平方米大，脚下是潮湿的泥土，屋顶就是一块透明的微微泛着黄色的塑料膜，床上有一块黑黢黢的木板，甚至没有被子，蚊虫整晚在耳边嗡嗡作响，老鼠不知在屋里还是屋外窸窸窣窣……唯一令人感到欣慰的是，躺在床上，就能看到满眼的星空，那么干净，那么美好。

在乌干达，工作于我，不仅仅是一份职责，更是一种享受。每当我看到我们的项目帮助当地人改善生活条件，或是看到孩子们吃到用我们传授的技术养出来的鱼，心中便充满了成就感。这些时刻，让我深刻地感受到，我们所投入的每一分努力都是值得的。

除开工作，在乌干达生活，也是一种全新的体验。这里的人们生活节奏悠闲，他们对时间的概念似乎与我们不同。在他们看来，时间是用来享受生活的，而不是用来追赶的。他们无忧无虑，不担心房贷、车贷和孩子的教育，你可以说他们不思进取，容易满足，但我看到的，是他们的天生乐观，是豁达与自由，这种生活方式影响了我，让我学会了放慢脚步，去欣赏周围的一切。

乌干达拥有着丰富的自然资源和多元的文化背景。从维多利亚湖的碧波荡漾到默奇森国家森林公园的原始密林，从金贾市的熙熙攘攘到首都坎帕拉的宁静安详，每一个角落都充满了生命力。

周末的时候，我会和朋友们一起去尼罗河源头漂流，感受河水带来的清凉和欢乐；或在维多利亚湖边的露天小酒吧里，点上一杯激情果汁或者新鲜椰汁，再来一份乌干达烤肉，躺在沙滩椅上享受日光浴；或去当地朋友的家里，给他们带点我们养的鱼，跟他们喝啤酒，看他们做纯手工的工艺品。他们的笑容如同乌干达的阳光一样灿烂，温暖而真挚。尽管语言和文化差异带来了挑战，但共同的目标和愿景让我们跨越了这些障碍，建立起深厚的友谊。

而休长假的时候，我们就会去国家森林公园自驾旅行，去跟野猪、大象、斑马，甚至鳄鱼、河马、狮子等近距离接触，又或者去追寻大猩猩和东非冠鹤的踪迹，感受这片红色大陆的神奇……对于我来说，这一切都是新鲜的，从未触碰过的，这些简单的日子，总是能让人忘却烦恼，沉浸在这片土地的热情之中。

乌干达的天空，总是那么蓝，那么纯净，就像乌干达朋友脸上的笑容。在乌干达"摸"鱼的日子里，我学会了珍惜每一刻，无论是在工作中的成就，还是在生活中的"小确幸"。我开始理解，幸福并不总是来自物质的丰富，更多的时候，它源自心灵的满足和对生活的热爱。

项目结束后，我带着满满的回忆和感悟离开了乌干达。这片土地，用它独有的魅力，深深地吸引着我，仿佛在呼唤我再次归来。乌干达，这个曾经陌生的国度，如今已成为我心中的向往和牵绊。我知道，无论未来的路怎样，这里的日与夜，都将是我记忆中最宝贵的篇章。

第二辑·

余笙有你

如果历尽磨难受尽挫折

老天还依然不放过我

那么就让狂风暴雨来得

更猛烈些吧……

我的爷爷

爷爷已经去世几年了，但是他的一言一行仍在我脑海里，历历在目，挥之不去。终于有时间写点什么，算是对爷爷的一种怀念，对过去那些日子的一些纪念。

在我看来，爷爷的一生是传奇的。当过兵，扛过枪，做过私塾老师，还当过大队文书，膝下四个儿女，一生虽没有大富大贵，但也跌宕起伏，充满趣味。

爷爷是家中老大，下面还有两个弟弟和一个妹妹。本来家境还是很不错的，但是那个年代，但凡有点家底儿的都被瓜分殆尽，最后也剩不下什么了。妹妹出嫁后，爷爷同两个弟弟就把家给分了，作为老大，爷爷将老屋子留给了两个弟弟，自己在不远处建了一座房子，然后早早地迎娶了奶奶，开始了艰难的生活。

因为爷爷是乡里为数不多的念过书的人，而且能写很好看的毛笔字，所以早年间乡里的私塾，也就是那个年代的小学就请爷爷去当老师，那时候生活还过得去，有一份比较稳定的收入，爷爷也得心应手。爷爷当了几年私塾老师，教育了一批又一批的孩子，后来很多人都干成了大事，一直感恩于爷爷当年的教诲，爷爷过世的时候，都前来送别。

后来爷爷义无反顾地选择参军，背上行囊告别了奶奶。等仗打完了，爷爷虽没有立下什么赫赫战功，但是好在平安归来，也算幸运，随后大姑出生了，爷爷虽然高兴，但还是一心想要个儿子，毕竟那个年代，家中有儿子，面子上过得去，也能给家里添些劳动力。

再往后，进入到人民公社时期，大家一起吃大锅饭，一起挣工分，虽然爷爷读过书上过学堂，但是也免不了要日日劳作，爷爷老实，每天认认真真地劳作，任劳任怨，却只挣得一点点工分，反而那些偷奸耍滑的人，整天好吃懒做，但工分却是一点没少挣。这让一辈子读圣贤书、刚正不阿的爷爷很是恼火，多次找领导反映，但最后却被安排更辛苦的工作，比如去挑泥土修水库，往往一天下来，爷爷就累得直不起腰。但是爷爷从来没有叫过一声苦，他就是要让那些人看看，自己宁愿受罪也不向他们屈服，这就是爷爷的脾气。

爷爷讲，那一段日子是非常辛苦的，既要不停地劳作挣工分，还要照顾大姑和怀孕的奶奶，吃不上一口饱饭，尤其看着还小的大姑经常饿得哇哇大哭，爷爷甚是心疼。只能想尽办法找吃的，幸好爷爷写得一手好字，又能说会道，所以乡里乡亲有个什么婚丧嫁娶，都要请爷爷去主持，爷爷也借此挣些粮票布票啥的，日子也就慢慢宽松些。

后来父亲和小姑陆续出生，时代也在变迁，虽然不再吃大锅饭挣工分了，但是百废待兴。分得田地后，爷爷被安排到大队上做文书，本来是一个非常稳定的工作，收入也还过得去，但是因为爷爷倔强的脾气，不愿意跟其他人一起中饱私囊，所以，没过多久，爷爷还是选择了离开，为此，奶奶还跟爷爷大吵了一架。之后迫于生计，爷爷自己开始养些鸡鸭卖钱，这才勉强将父亲兄妹几人拉扯大，实属不易。

印象中，爷爷总是拿着一个长长的烟杆，戴着一顶老式鸭舌帽，为了省事，总是剃个光头，小小的耳朵，长长的眉毛，走路很快，说话声音洪亮，笑起来的时候眼睛能眯成一条缝。小时候，我总喜欢守在爷爷旁边，看爷爷写毛笔字，虽然看不懂，但是也觉得爷爷写得好。尤其是那种很小很小的楷体字，爷爷会用一种很细的毛笔工工整整地写一行又一行，而且是从右往左边写，不用提前画格子和线条，所有字都一样大小，整整齐齐排列，很是好看。

那时候印刷好的请柬很少，也贵，很多人就来请爷爷帮忙写个请柬、家谱、贺词、对联什么的，作为谢礼，乡亲们会给爷爷带点鸡蛋、玉米什么的，爷爷也乐意帮忙，一天到晚总是乐呵呵的。爷爷也教我写毛笔字，但是我这心性就是坐不住的，没能坚持，也就没能继承到爷爷的这个绝活儿。

家里房前屋后都有竹林，爷爷不知什么时候起学会了竹篾活，家里的篮子、竹筐、簸箕、竹筛、竹椅、竹扇这些都是爷爷亲手编制的，当然还包括很多我小时候的玩具。爷爷其实是个很有耐心的人，因为每次编制竹篾工具，往往一坐就是一整天，虽然枯燥，但是望着一件件成品，爷爷总是笑呵呵的。

我有时候也帮爷爷打打下手，给他递个篾刀，拿一拿烟杆，爷爷也趁机跟我讲，竹篾分青篾和黄篾，青篾更光滑，可以制作竹椅，黄篾可以做内衬……我往往会听得入迷，总好奇一根根长长的竹子，在爷爷手中，怎么就会变成一件件好看又实用的工艺品呢。有时候爷爷也会手把手地教我制作一些简单的竹篾小玩意儿，但是看到我的成品，爷爷总是无奈地摇摇头，嘴里念叨我不是做这个的料。

爷爷读过很多书，从小也要求我慢慢读《千字文》《增广贤文》《三字经》《家训》《百家姓》《诗经》《论语》《孟子》等，即使那时候我还完全读不懂，爷爷说，这些都是老祖宗留下来的精华，是古人的大智慧，永远都不会过时，我对文学的兴趣也是从那时慢慢培养起来的，也因为如此，很多晦涩难懂的古籍，我基本都能读懂。

爷爷自己也写一些东西，家里的手抄稿也很多，但是由于年代久远，保存不当，好多都已经找不到了，目前家里只剩一本爷爷誊抄的族谱，供后人查阅。

爷爷还会吹笛子、拉二胡，我记得以前家里是有笛子和二胡的，听爷爷演奏过几次，最常听到的是《东方红》和《送别》。后来笛子和二胡就不见了，父亲说是我小时候太调皮，把爷爷的笛子带出去玩，给弄丢了，而二胡则是被我把弦都弄断了，而我却记不太清了。

爷爷还有个爱好，就是下象棋，家里我最早学的一项技能就是下象棋。爷爷有一副自制的木头象棋，圆圆的，上面的那些刻字都是爷爷亲手做的，棋盘是一张棉布，上面是爷爷用毛笔画出的格子和楚河汉界，虽然因为染色，线条粗细不均，但是很规整。

那时候，爷爷象棋下得好，每天都有一些慕名而来向爷爷发起挑战的人。爷爷只要有时间都一一应战，而我每次都在旁边不停"捣蛋"，爷爷吃掉对方的棋子，我就拿着在地上滚着玩儿，有时候也学爷爷大吼一声"将军！"等他们下完一局，再找棋子的时候，却怎么都找不到，估计是被我滚到哪个犄角旮旯里了。

爷爷除了参加抗美援朝战争，一生没有到过其他地方，其实他一直有个心愿，想去天安门，去看看毛主席，但始终没有成行，这也成为大家的遗憾。

爷爷去世前两年，罹患了阿尔茨海默症，也就是俗称的老年痴呆症，最开始还不是很严重，还能认出一些家人，但是随着病情的发展，爷爷病情反复，时好时坏，有时甚至连奶奶都认不得了。

那段时间，爷爷经常一个人坐在堂屋门外的屋檐下，躺在竹椅上，嘴里喃喃自语。有时候会突然站起来大喊"冲啊！""班长，我上！"有时候甚至把父亲认作"敌人"，然后拿根木棍指着父亲大喊："别动！再动，就打死你！"

每当这时候，父亲和姑姑们就站在一旁，默默地流泪。爷爷辛苦了一辈子，没想到，在儿孙满堂该享福的时候，却再也认不出自己的家人。

爷爷走的时候，躺在医院的病床上，那天爷爷反而异常清醒，能认出父亲和大姑。当医生告诉大姑，爷爷可能不行了的时候，大姑转过身倚着门小声哭泣，父亲强忍着悲伤，问爷爷还想吃点啥，爷爷摇摇头，紧紧抓着父亲的手，然后没留下一句话，就这样安详地去了，走完了他这辛苦而又值得的一生。

这就是我的爷爷，曾经教我下棋、写字、读书，陪我玩耍，给我做很多小玩意儿的多才多艺的爷爷，一个性格倔强、正义凛然、刚正不阿的退伍老兵，他就像一颗璀璨的星，永远指引着我人生的方向。

我的父亲

　　最近读了一本书，里面收录了很多关于伟大母爱和父爱的小故事，我一口气读完了所有的故事，其间眼泛泪光不停地感叹，惹得同事以为我中什么蛊毒了。只有我知道，这本书引起了我的共鸣，里面有些许父亲和我的影子。虽然自己还算个孝顺的人，但是对于父亲，我却很少细细地去体会这份沉重的父爱。现在静静坐下来，很多关于父亲的往事就如放电影般一幕幕浮现在我的眼前。

　　我的父亲，是一个不平凡的平凡人。说他平凡，是因为到目前为止，他也没做什么轰轰烈烈的人生大事，终其大半辈子，农民出身，农村成长，虽然是个知识分子，如今也依旧是个打小工的农民。说他不平凡，是因为父亲的人格力量以及作为一个父亲对我付出的那些无私的父爱。

　　父亲在家排行老三，老大是我大姑，因为那年代吃不上饭，老二也就是我大伯生下来没多久就夭折了，听奶奶说，父亲出生的时候，爷爷脸上都笑开了花，因为爷爷做梦都想要个儿子。

后来父亲又多了两个妹妹。爷爷年轻时当过私塾老师，很清楚知识的重要性，爷爷很希望自己的每个孩子都能上学，完成学业，然而在那样饥寒交迫的年代，人们连顿饱饭都吃不上，家里实在太困难，最后爷爷只能冷酷地勒令勉强上了几个月学的姑姑们退学，在家里干农活儿，以减轻家里的负担，好一心供父亲继续上学。父亲有什么要求爷爷都尽量满足，所以父亲从小就是在爷爷的溺爱下长大的，为此，大姑和两个小姑现在还开玩笑似的埋怨爷爷当时的偏心。

父亲个子不高，小眼睛，手臂很粗（因为有肌肉，小时候我常使劲儿地捏着玩儿），我小时候见过父亲年轻时的那种黑白照片，至今印象深刻，不夸张地说，父亲当时很帅，很有魅力。

可能是遗传了爷爷聪明好学的基因，父亲打小就聪慧过人，但是在爷爷的溺爱下，行事乖张，叛逆自大，但凡爷爷不允许做的事情，父亲都要做个遍，为此父亲也没少挨骂，只是爷爷绝不会动手，这是家里人都知晓的。无论爷爷怎样苦口婆心地教育，父亲依然我行我素。父亲一天天长大，爷爷一天天老去，父亲更是如一匹脱了缰的野马一般肆意惹祸，没少让家里人费心。

父亲虽然叛逆，但是学习一直很好，这也是爷爷一直无端宠爱父亲的一个好借口。父亲上完小学上初中，成绩一直很优秀，作为乡里学校的骄傲，父亲最后以优异的成绩考进了县城最好的一所高中，此时爷爷把所有的希望都寄托在了父亲身上，企盼着父亲能出人头地争口气。

父亲年轻时是个叛逆任性的人。父亲的高中时代，刚开始很风光，凭借着过人的智慧与好学的精神，父亲很快就在学校里有了名气，也很得老师器重。父亲还是个运动健将，曾代表学校到省里参加短跑竞赛和篮球赛，只是后来受身高所限，没能进入省队进一步发展。

父亲读过很多书，写得一手好钢笔字，会作文章，因此，也常在学校里发表一些文章。照父亲的话说，他当时在学校很火，连校长也对父亲刮目相看，认为父亲是个人才，以后定能成就一番事业。可是父亲天生不是个乖孩子，叛逆与任性最终断送了父亲的前程。

父亲在学校渐渐显得特立独行，因为太任性，不能忍受一点点委屈，所以父亲常常因此而顶撞老师。父亲有很多创新的想法，而当时的老师对这些想法大都不以为然，父亲觉得自己是对的，就组织学生跟老师对着干，这些都很让学校领导头疼，爷爷为此还几次跑到县城替父亲跟老师道歉。可是父亲一直认为自己有理，自己没错，还是依着自己的性子来，没人劝得了他。

高考那年，父亲选择了退学，一是纯粹的叛逆任性，二是为了母亲。母亲是父亲的初恋情人，念初中时跟父亲一个班。后来父亲到了县城上高中，母亲辍学在家，父亲一直与母亲书信往来，保持着浓厚的感情。当爷爷得知父亲退学的消息时，大发雷霆，呵斥父亲回学校继续学业，可是父亲执拗的脾气任谁也劝不住。父亲还义正词严地对爷爷吼道："难道回家种田就不能干出一番事业？全国那么多农民不都是种田的吗？"爷爷一气之下，不再过问父亲的事。

几十年过去了，后来爷爷回想起来还怒气难消，骂父亲"不是人啊"之类的，因为父亲的确辜负了全家人对他的期望。

父亲是个能吃苦的人。父亲退学回家后一年不到，就有了我，因为父亲和母亲都没有到国家规定的结婚年龄，所以，乡上决定对我的出生进行罚款，难怪母亲常说我一出生就是来要债的。后来父亲跟母亲结了婚，我们一家三口相依为命，一开始倒也和睦融洽。只是父亲仍然不显成熟，年轻气盛，跟爷爷闹僵了，不久后父亲跟爷爷提出分家，分得了几间房和几亩地，父亲发誓要凭借自己的本事干一番事业。

于是，自我记事起，父亲和母亲就不分昼夜地奔忙于田间地头。为了实现自己在田地间的梦想，父亲曾拼命在地里鼓捣，什么挣钱就干什么，家里先后种过樱桃树、橘子树、柚子树、桃树、李子树……除草、挖坑、种树、嫁接、施肥、除虫、授粉、环割、采摘、贮存等操作，以前从没接触过这些的父亲后来样样在行。家里还养过鱼、猪、肉兔、长毛兔、蚕、蜂……挖鱼塘、搭兔笼、消毒、打针、剪兔毛、采桑叶、取蜂蜜等工作父亲亲力亲为，俨然变成了一个畜牧业专家。几年下来，父亲不再是娇生惯养的读书人，而是田间地头最忙碌的高等农民。

后来父亲还跟别人一起合伙搞了个电影放映队，那种流动的坝坝电影，父亲到哪儿都喜欢带着我，所以小时候我就待在电影放映队的大小箱子里，跟着父亲的放映队四处游走，那时候肯定也发生了很多事，只是我当时太小了，现在什么也没记住。

因为电视机的普及，看坝坝电影的人越来越少，放映队解散了，父亲又学别人制作麦芽糖。经过复杂的工序后，麦芽糖成品终于做好了，父亲就每天一头挑着麦芽糖，一头担着我走村串户，一路走一路叮叮当当地敲手中的铁块，当时山里人都很穷，父亲决定有钱的可以给钱换，没钱的可以给大米或者小麦或者随便什么换，每天父亲都要担着麦芽糖走几十里的山路，晚上回家一清算也没有几个钱，鞋底倒是破了个洞。

总之，在我念小学以前，父亲有过很多尝试，不过这些都没能让父亲实现自己的梦想，也没有挣到钱。父亲终于慢慢明白了爷爷是对的。

因为父亲在我小学毕业那年外出打工，到今天已经十余年了，其间父亲只回过一两次家，所以我对于父亲的记忆大都停留在我十二岁以前的童年时期。

父亲是个要求严格、做事很认真的人。自从父亲想要干一番事业的梦想破灭以后，他就将所有的希望都寄托在了我身上，他像爷爷多年前企盼他一样企盼着我，希望我能实现家族梦想然后出人头地。只是父亲没有像爷爷溺爱他一样溺爱我。父亲对我一向要求严格，从小就教育我要知书达理，正直坚强，告诉我"天将降大任于斯人也，必先苦其心志，劳其筋骨，饿其体肤，空乏其身，行拂乱其所为"。

记得有一年冬天，特别冷，晚上下了场罕见的雪。一大早，父亲就把我赶下床，吃过早饭，父亲递给我两双脏鞋和几双臭袜子，让我到水塘把它刷干净。我极不情愿，正打算跟母亲撒娇的时候，我看到了父亲严厉的目光。我只能悻悻地来到水塘边，准备刷鞋，却发现池水已然结了一层薄冰，用手摁摁还挺结实，几只鸭子不畏严寒溜进了水塘，却不想在冰上站不住脚，进退不得，跟喝醉了酒似的在冰面上练习劈叉。

看着看着，我心生一计，心想这下终于可以不用刷鞋了。我跑回家，告诉父亲水塘结了很厚一层冰，没办法刷鞋，父亲好像事先知道水塘结了冰一样，他从容递给我一把木槌，让我敲碎冰面，然后刷鞋。我顿时觉得很委屈，开始要赖，而父亲没给我多长时间要赖，他从柴火堆里抽出一根桑条，对我厉声说："去不去！"我虽然害怕，泪珠子在眼睛里打转，却壮着胆子没有向外挪动脚步。父亲恼了，一把抓过我的肩膀，手中的桑条啪啪啪打在我的屁股上（现在我知道，父亲对我进行的是棍棒式教育），冬天虽然穿得厚，但是我仍然疼得哇哇大叫。

挨完打之后，我一边抹眼泪一边来到水塘边刷鞋、洗袜子。等我用冻得通红几乎麻木的小手将刷好的鞋和洗好的袜子交给父亲时，父亲满意地点了点头。那年，我七岁。

父亲告诫我当天的事情必须当天做完，而且每件事要做就要尽力做到最好。只是我从小就贪玩得不行。一次，学校放学后，我跟村里的其他几个伙伴在学校玩到很晚才回家，父亲回到家问我作业写了没，我撒谎说写完了，因为我喜欢的动画片已经开始了，况且明天是周末，心想明天写也可以，于是我急忙打开电视津津有味地看起来，父亲也没有说什么。

吃完晚饭后，父亲说要检查我的作业，我慌了，唯唯诺诺地说当天老师没有布置作业。父亲早就看出了端倪，此时更加恼怒，随手抽来桑条就要打我，我忙解释说我忘记写作业了，父亲手中的桑条没有落下，只是命令我马上去写作业，写完才能上床睡觉。

我趴在桌上开始写作业，困得不行，为了能早点上床睡觉，我写得很快，字迹很潦草，写完之后我递给父亲，父亲扫了一眼，马上沉下了脸，对我吼道："重写！一笔一画写工整！"说着把作业本扔在了地上。我满脸委屈，昂着头对着父亲反驳："明天写不是一样的吗？""还敢顶嘴！从小要养成好的习惯，今天的事必须今天做完！"说着，父亲手中的桑条啪啪啪落在了我的屁股上。我伸手去挡，桑条就落在了手上，我哇哇大叫，泪珠子像断了线一般滚出眼眶。

那天晚上，我不知趴在桌上写了多少遍，写了多久，奶奶说我写着写着就趴在桌子上睡着了，脸上还挂着泪珠，是奶奶赶来把我抱上床的。那年，我九岁。

因为我很调皮，很叛逆，所以父亲一直对我进行着棍棒教育，小时候的我没少挨打，奇怪的是父亲仿佛总能找到理由打骂我。地没扫干净挨打，放牛时贪玩让牛吃了别人庄稼挨打，屡次弄坏钢笔挨打，欺负别人挨打，被别人欺负也挨打……

挨打时，母亲也不护我，只是在看到我屁股上的红印子之后才骂父亲狠心，而父亲从不理会，也不担心会把我打坏了。所以我更怨恨父亲，曾一度想等自己长大了，也用桑条在父亲的屁股上来两下，然后问他疼不疼。只是这个想法至今没能付诸行动，我知道也永远不会付诸行动的。

父亲是个很可爱的人。儿时记忆中，在我很小的时候，父亲曾有一段时间离开家到外地打工，母亲在家料理田舍，并教我读书认字。为了节约钱，父亲一年到头只回一两次家，父亲每次回来都风尘仆仆，一次比一次黑，胡子拉碴，头发老长，双手皲裂，额头爬满了皱纹。

看到父亲，我总是感觉既陌生又高兴，感觉陌生是因为长时间没跟父亲在一起，少了亲切感；感觉高兴是因为父亲总带回来很多我没见过的东西和好吃的糖果。一进家门，父亲总顾不得丢下手中的包就一手将我抱起来，把脸凑过来让我亲他，我不愿意，父亲就说包里有好玩儿的和好吃的东西，亲了才能给。于是我嘟起嘴象征性地在父亲的脸上亲了两下，父亲满脸都是汗渍，胡子扎得我生疼。父亲也不管，只管笑呵呵地从包里翻出东西塞给我。

在我念小学三年级时，父亲不再出去打工，回到家指导我学习。几年来我跟父亲聚少离多，终于得以跟父亲朝夕相对。也就是从那时起，我开始慢慢地认识父亲。小时候我总是很顽皮，上房揭瓦，下河摸鱼，我全在行。因此也没少挨父亲的打骂。只是父亲从没抑制我对任何事物的好奇心，我最喜欢做的事就是蹲在地上看蚂蚁搬家，而且一蹲就是一上午，而父亲常借机跟我讲蚂蚁的家族。

父亲当时是村子里唯一念过高中的人，是个确确实实的知识分子，而且父亲读过很多的书籍，似乎什么问题都难不倒他，所以打小我就对父亲渊博的知识羡慕不已。回想小时候跟父亲在一起最温馨的画面莫过于父亲在地里面朝黄土背朝天地挥动着手中的锄头，而我却躲在地边的树荫下不停地问父亲问题，比如飞机为什么会飞啊，船为什么会在水面上行驶而不下沉啊，地球为什么是圆的啊，星星离我们有多远啊……

而每次所有问题都难不住父亲，父亲尽量用最简单的语言跟我解释，但是我还是似懂非懂。记得最清楚的是父亲跟我讲生命的起源，父亲告诉我很久以前地球原本是一片汪洋，大海孕育出了地球上所有的生命，包括人类，所以我们都是海洋的子孙……我总是听得入迷。

父亲是个坚强无比的人，我很少看到父亲流泪。父亲总对我说"男子汉要坚强，跌倒了自己爬起来"，还说"男儿有泪不轻弹"。但父亲没告诉我这句话还有下句"只是未到伤心处"。

记忆中，父亲曾两次流泪，而且都是因为我。

有一年，家里借钱种上了桃树、李树，养了蚕，桃树、李树还没开始结果投产，家中的日子过得紧巴巴的，靠养蚕卖蚕茧维持生活。好不容易终于收获了蚕茧，父亲背上蚕茧拉着我到乡上的蚕茧收购站，卖了所有的蚕茧，父亲连忙到学校替我交了欠的学费，然后拉着我挨家挨户地还钱，到最后，手上只剩下不到一块钱，而家里的火柴和盐都快用完了。在街口父亲蹲下来问我："儿子，今天卖了蚕茧，爸爸有钱了，你想吃什么，爸爸给你买。"我望着父亲被汗水浸透了的衣裳，知道父亲的口袋里没有多少钱了。我从小嘴馋，但是不知道是没想好要吃什么还是真的懂事了，我对父亲说："爸爸，我什么也不想吃。"父亲愣了，继而迎面把我紧紧抱在怀里，父亲大颗大颗的眼泪随即滴落在我孱弱的肩背上，把我的衣服打湿了一片。那年，我六岁。

父亲第二次流泪，是在我上高中二年级的时候。我在父亲强大的棍棒式教育下，也顺利考上了当年父亲就读过的县城里最好的高中。自从父亲和母亲都外出打工之后，我就一个人住校，没有谁管我了，父亲知道我顽皮叛逆，所以每个月都会给我写信，信中多是勉励鞭策我的话。刚开始我还依照父亲信中所说的去做，到后来渐渐觉得烦了，认为自己的事情可以自己做主了，高二那年我叛逆到极致。父亲在信中、电话里一再嘱咐我不得接触网络，不得玩网络游戏，可是我每个周末都跑到学校外的网吧玩通宵；父亲告诫我要一心放在学习上，不要学人家谈恋爱，可是我偏跟班上的同学恋爱，还成天伙同班上的同学到处游荡。

更令父亲头疼的是，我当时花钱如流水，我常常找借口说学校要缴纳什么费用跟父亲要钱，父母亲一个月的工资往往被我不到半个月就挥霍光了，那段时间父亲一直跟老乡借钱寄给我。父亲知道我在叛逆，在乱花钱，只是父亲远在外地，我想如果父亲在我身边的话，他定会拿桑条把我抽死。父亲只能更加频繁地打电话给我，而我依然我行我素，享受着父亲不在身边的自由。

很快，我的各科成绩开始明显下滑，当班主任老师把年级排名册扔在我面前时，我顿时傻了眼。老师问我为什么，我说我知道。然后我一个人坐在教室里反省，当天晚上我拨通了父亲的电话。我告诉父亲我做错了一些事情，我向父亲保证这种事不会再发生了。坚强的父亲再也没能忍住，然后电话里传来了父亲如妇人般的呜咽，我知道父亲流泪了。那年，我十七岁。

父亲在我高考那年都没回来看我，父亲说他对我很放心。而我由于压力太大，高考没考好，在面对选择复读还是上一所学费昂贵的大学这个问题上，父亲说尊重我的选择。最后我选择了上大学，父亲二话没说，但是由于钱不够，于是父亲四处借钱，好不容易才凑齐了我报到的学费，让我背上行囊如期踏上了大学求学之路。

四年后，我毕业了，父亲回家做手术，是腰肌劳损。当我看到父亲花白的头发，挂满皱纹的脸，长满老茧的双手，不敢相信只有四十五岁的父亲已显得如此年迈。母亲说父亲为了多挣钱，给我缴学费，放弃了工资低工作轻松的工种，而是选择了工资较高劳动强度也高的工种，长年累月的工作使得父亲落下了一身的毛病，而这一切都是因为我。

父亲从不在电话里跟我讲工作的艰辛，更不透露自己的身体状况，直到我毕业了才拖着过度损耗的身体回老家做手术。我跟父亲说别出去打工了，跟母亲留在家里，我毕业了，留在了学校工作，我跟父亲说让他不用再担心我的事情。父亲只是笑笑，却还是坚持做完手术就继续出去打工。我知道父亲的想法，他不想拖我后腿。

在写这篇文章的时候，我坐在舒适的办公室里吹着空调，而父亲依然在酷热的工厂里工作，正拖着疲惫的身体挥汗如雨。我仿佛能看见父亲佝偻的脊背，粗糙的双手，大颗大颗的汗珠顺着父亲脸上的皱褶往下流。如果我现在能飞到父亲身边，我想我一定会紧紧抱住我的老父亲，然后告诉他："爸，我长大了，您是一个了不起的父亲。"

关于父亲的往事太多，如今一股脑儿地浮现在我眼前，正如父亲对我一如既往的爱一般忆都忆不完，写也写不尽。此时此刻，小时候父亲教我唱的一首歌不停在我耳边回荡：

那是我小时候　常坐在父亲肩头

父亲是儿那登天的梯　父亲是那拉车的牛

忘不了粗茶淡饭　将我养大

忘不了一声长叹　半壶老酒

等我长大后　山里孩子往外走

想儿时一封家书千里写叮嘱

盼儿归一袋闷烟满天数星斗

都说养儿能防老　可儿山高水远他乡留

都说养儿为防老　可你再苦再累不张口

儿只有清歌一曲和泪唱

愿天下父母平安度春秋

…………

父亲，请允许我懦弱一次，流下对您感恩的泪水。

我的母亲

　　母亲是一个极其平凡的人，平凡到甚至找不出很特别的词来形容。用父亲的话说，母亲就是"四肢发达，头脑简单"、脾气很倔、只适合干粗活儿的女人，但其实我知道，母亲只是不太善于表达而已，其实她什么都明白。

　　母亲跟父亲是同乡，两家相隔十来里地，在上初中之前，母亲跟父亲好像并不相识，两家也并无什么来往。母亲是家里老大，下面还有两个弟弟和一个妹妹，都说大人一般最疼老幺，但是在母亲家，却是反的，全家人都最疼爱最先出世的老大，有好吃的好玩的最好的都给老大，尤其是外公，从小就宠母亲，真是捧在掌心怕摔了，含在口中怕化了，从来没有动过母亲一根手指头，什么事都就着母亲的脾气。更夸张的是，据说母亲都十多岁了，外公和外婆还每天早上背着她去上学，可见是非常宠爱的。

　　外公以前是村上的会计，后来自己开了村上第一家小卖部，卖点杂货，家里日子还算是过得去，所以母亲从小也没有缺衣少食，家里农活儿就更不舍得让母亲碰。可就是这样一个从小被宠到大、五指不沾阳春水的大家闺秀，偏偏喜欢上了我一无所有的穷父亲，开始了她不得不面对的别样人生。

我见过母亲年轻时的照片，即使是黑白色的，也能看出是很漂亮的，长长的头发、乌黑的大眼睛，粗布衣裳和碎花儿长裙，母亲是在上初中时认识并喜欢父亲的，那时候父亲也可谓年轻帅气，很多人当时都说父亲和母亲是郎才女貌。父亲爱运动、青春阳光、学习好，是很多女孩子喜欢的对象，母亲也不乏追求者，但是缘分最终让母亲和父亲走到了一起，只是中间也有过波折。

那时候，母亲因为成绩太差，自己也不喜欢读书，所以上初中认识父亲没多久就辍学了，而父亲在爷爷的督促下一直念到初中毕业并考上了县里唯一的高中。父亲到县里上高中了，而母亲则回到家里等父亲，在那段时间里，他们一直保持着书信往来，互相诉说对彼此的想念。我曾经看过几封父亲当时与母亲互通的书信，泛黄的信笺上写下的是他们对彼此的鼓励和爱情的誓言，看得出，那时候的母亲和父亲是很相爱的，是那种属于那个年代的纯纯的相互倾心。

可是好景不长，爷爷知道父亲跟母亲恋爱后，坚决不同意，因为怕影响父亲学习，所以中间有一段时间，父亲寄回来的书信是被爷爷给"拦截"了的。但是父亲的脾气是很倔强的，那时候非常叛逆，爷爷越是不允许做的事，他就偏要去做，而且要有过之而无不及。就这样，在爷爷的不停反对声中，父亲跟爷爷闹僵了，再加上父亲当时在学校里闯了祸，正郁郁不得志，最终就索性选择了退学，回到乡里，跟母亲厮守在了一起。

因为父亲退学回家这事，爷爷大发雷霆，甚至大骂父亲"不孝之子"，而父亲最烦爷爷说教，就整日整日地不回家，很多时候都跑到母亲家吃住，所以爷爷那时候对母亲也是有偏见的，总觉得父亲放弃学业是母亲害的。而外公则是个很随和的人，从不干预母亲的恋爱选择，所以也就默认母亲跟父亲的这门亲事。

慢慢地，父亲和母亲自然而然长久地走到了一起。母亲心里很清楚，父亲不可能永远不回家，他们也不可能永远住在外公家，所以，母亲一直规劝父亲回家，只是父亲一直未同意。直到母亲告诉父亲她怀孕了，父亲才松了口，决定带母亲回家。但是爷爷心里仍然是对父亲生气的，因为母亲已经怀了我，而父亲整天还没个正形，家里没有收入，朝不保夕，爷爷看不惯，就一直说父亲不成器。看到父亲和爷爷僵持不下，谁也不愿给对方台阶下，母亲心里只能干着急，只期望我能快点出世，也许爷爷和父亲看到可爱的孩子，能够解开彼此心中的疙瘩。

然而结果并非如此，怀胎十月，我顺利出世了，父亲飘荡的心是收敛了很多，但是与爷爷的矛盾却是越来越激化。爷爷为父亲介绍工作，父亲不去，爷爷规劝父亲回学校继续读书，父亲也拒绝，最后爷爷彻底放弃了，索性不再管父亲的事。由于家里刚生了我，却没有任何的经济收入来源，再加上受不了爷爷的唠叨，父亲一赌气就跟爷爷提出了分家，虽然母亲竭力劝阻，但是父亲还是坚持分家，爷爷也很坚决，母亲无可奈何，带着我跟父亲组成了真正属于我们三个人的小家。

分家后，有了一些田地，但是很少干农活儿的母亲和父亲却是一筹莫展，不知道怎样才好。父亲脑袋灵活，有想法，但是不怎么愿意动手，而母亲虽然也没怎么干过农活儿，但是能吃苦，而且母亲是崇拜父亲的，所以父亲当了指挥，而母亲就付诸行动，两个人一起畅想着美好的未来。

后来，在父亲的指挥下，家里做了一系列的尝试，种过水果树、养过猪、喂过蚕……而这些几乎都是母亲在亲力亲为。但现实和理想总归是有很大差距的，最后，这些尝试都以失败告终，不仅没能挣到钱，还欠下一屁股债，生活是越来越困难。而在长期的劳作中，母亲完成了从一个娇滴滴的大家闺秀到亲力亲为什么事都能干、什么苦都能吃的坚强母亲的转变。也许，这就是母亲的伟大。

眼看我一天天长大，家里开支也越来越大，而在家自力更生的希望却越来越渺茫，母亲向父亲提出，让父亲出去打工挣钱，自己一个人可以在家里照看我。虽然父亲那时候极不情愿，但是却也没有办法。于是，在我四岁的时候，父亲外出打工，母亲便留守在家，与我相依为命。

父亲在外打工那两年，是母亲最最辛苦的两年。因为家里那时候还养着猪，地里还得种庄稼，我清楚地记得，母亲抱着我到地里挖红薯，将我放置到一旁，自己在地里挥汗如雨，顾不得喝一口水，饿了就削个红薯充饥；我夜里发高烧，天地间瓢泼大雨，母亲背着我急急忙忙走过泥泞的小路，深一脚浅一脚赶到医院敲医生的门；地里的玉米一夜间被别人偷了，母亲坐在地里望着远方默默地流泪，许久后才站起身，将玉米秸秆一捆捆绑好背回家里。

有一段时间，我身体很弱，老是流鼻血，随时随地，毫无征兆，站着的时候从鼻孔流出来，躺着睡觉的时候，鼻血就倒流进嘴巴里，满口都是咸咸的血腥味。母亲带着我四处求医问药，但是始终没有治好，母亲每次看到我鼻血流出来，就立马用手给我按着，然后急得流眼泪，不知如何是好。后来，母亲打听到有一家诊所有个药，据说很好用，但是很远，她就自己走几十里山路，再搭别人车好不容易到那个诊所找到人求了好久，人家才给分了一点点带回来，说来也神奇，用完这个药，我就再也没有流鼻血了，母亲也终于放心了。

记忆中，母亲是个特别吃苦耐劳的一个人，虽然出身于大家，但自选择跟着父亲以来，从来不怕苦不怕累，操持家务、孝敬老人、相夫教子毫无怨言。当年家里很穷，我记得家里没柴烧，山上树木也不多，但是外婆家有成片的高山和树林，母亲就跑到外婆家，自己爬上高大的柏树和松树，将枝丫砍下来，再把柴火一捆一捆地绑好背回家，来回要走十多里山路。往往来回一趟需要五六个小时，每次母亲回来身上都被汗水浸透了，常常累得瘫坐在地上，动弹不得。但是第二天，母亲又继续去背柴火回来，继续操持家务。

父亲因为年轻气盛，终究还是不成熟的，在外打工，高不成低不就，好不容易找到工作，还经常跟老板吵架，随时撂挑子，导致那两年也没什么钱能寄回家。而母亲，既要照看我，还要操持家务，家里家外都要顾着，常常是天不亮醒来就要忙到深夜，累到腰酸背痛、手脚起疱。

我至今还保留着当时母亲带我去照相馆拍的一张老照片，相片上，母亲一脸憔悴，脸色惨白，整个人瘦骨嶙峋，疲惫不堪，早已看不出是当年那个被外公捧在手心的大家闺秀了。生活的重担，逐渐压弯了母亲的腰，岁月的痕迹慢慢爬上了母亲的脸庞。而这些，父亲那时候浑然不知，因为母亲都是跟父亲报喜不报忧，总说家里一切安好，希望父亲在外安心工作，尽量多挣点钱，才能早点回家一家人团圆，而生活的苦，母亲倔强地选择一个人默默扛下了。

在外工作两年后，父亲终于回家了，但是仍然一无所有，两年时间，父亲并没有挣到什么钱。母亲并未说什么，只觉得一家人重新团聚了就好。父亲回来后，母亲跟他商量着就在街上摆个摊卖点菜，因为我慢慢长大了，父亲学识广，母亲希望父亲可以在家好好教导我，不想我的成长里缺乏了父亲的角色。所以接下来的几年，母亲和父亲就一边种菜一边卖菜，虽然挣不了什么钱，但是至少能维持基本生活，而父亲也在岁月的磨砺中慢慢沉淀下来，变得愈发成熟稳重。

父亲对我的教育向来是比较严格的，几乎所有事都要求我做到最好，如果没做好就会对我严加训斥和惩罚，而母亲在这些方面则对我宽宥得多，哪怕我真的做错了事，或者学习上偶有懈怠，母亲也只是好言告诫提醒我，从来没有动手打过我，甚至连大声训斥都不曾有过。

如果说父亲对我的教育是暴风骤雨，而母亲则是润物无声。有时候，父亲会因为生活的不如意发发脾气，对母亲的态度也不好，但是也从不见母亲有些许的抱怨。父亲打我惩罚我的时候，母亲虽不会当场阻止干涉，但是事后都会悄悄查看询问我疼不疼。有段时间，父亲因为诸事不顺，心里压抑得很，对母亲诸多不满，我也有点调皮，常常惹是生非，父亲也对我更加严厉了，而我也一度怨恨父亲，而母亲则对我说，千万不要恨父亲，告诉我，父亲跟她一样爱我。我当时虽然不知道母亲为何会选择跟着父亲吃苦，一心一意，但是至少母亲的话让我心里好受了许多。

大多数家庭里，都是母亲比较唠叨，话比较多，而我们家却是相反的，记忆中一直是父亲成天唠叨个不停，而母亲反而很少说话，总是埋头做事。父亲总是有很多想法，但很少落到实处，而母亲就是执行者，父亲说什么就跟着一起做什么，从不去计较父亲的想法对与错。或许这在外人看来，是一种盲从，是一种放纵，但是于母亲看来，应该是一种尊重和信任，是一份爱吧。

只是后来，不知道因为什么原因，父亲跟母亲的关系变得没那么好了，尤其是在他们一起外出打工那些年，总能听到他们吵架甚至打架了的消息，父亲每次给我写信都会提到跟母亲相处期间的一些不愉快，而母亲则从来没有向我透露过半句，每次写信或者打电话，她都只问吃得好不好，穿得暖不暖，一定要照顾好自己的话。而不是给我讲她与父亲相处的烦恼、工作的辛苦或者不停询问我的学业成绩等，这些都让我在繁重的学业之余感觉轻松些许。

随着年岁的增长，很多事我也很少对母亲讲了，再加上她和父亲常年都在外地，我能感觉到自己跟母亲之间渐渐形成了一条鸿沟，几乎不怎么交流了。现在通信发达了，而我跟母亲反而一年都通不了几次电话，或许这就是代沟吧。

母亲每次打电话，还是如以前一样，嘘寒问暖，嘱咐我注意休息，多吃点，生怕我累了，瘦了。但是学习工作方面的事，她是一概不问的。也许，在她的眼里，无论我变成什么样子，多大了，也还是那个她最疼爱的、需要人照顾的儿子，却也不想给我任何压力，尊重我所有的选择。

　　是的，我的母亲一点都不特别，一生没有什么大的作为，没有那么细心，也没有那么聪慧圆滑，但是，她用自己的方式为这个家付出了一切，她把自己最好的都给了这个家，给了我。

　　我想说："母亲，你依然伟大。"

我的小姨

　　很早就想写一篇关于我的小姨的文章，但始终没能整理好心情，因为在我看来，小姨的人生过得实在太过辛苦，但她却用自己的积极乐观感染着她身边的每一个人，所以每次提笔，我的心情都很复杂。

　　小姨是外公和外婆生的最后一个孩子，也是兄弟姐妹几人中最有灵气、最活泼、最爱笑的，人也长得十分漂亮，从来都是十里八乡有名的徐老四。在那个年代，小姨读了几年书，因为心里充满对外面世界的向往，然后就跟村里几个同乡南下打工去了。

　　那些年，独自在异乡漂泊的小姨，辗转于广东的鞋厂、针织厂、电子厂等，她不仅目睹了外面的花花世界，结交了新的朋友，也体会到社会的多样与复杂，没人知道她吃了多少苦，但难能可贵的是，她始终保持着一颗单纯而热烈的心。

　　记得每年过年，小姨总会想办法抽时间回家看望外公外婆，每次回来都是大包小包，给他们买一大堆崭新的衣服，还有各种保健品，而且总是迫不及待让外公外婆穿上新衣服，然后掏出老式的傻瓜相机，指导外公外婆摆出各种姿势，咔嚓咔嚓一顿拍照，再第一时间去街上洗出来给外公外婆看，经常逗得外公外婆哈哈大笑。小姨仿佛就是家里的开心果，哪里有她，哪里就有欢声笑语。

小姨会用心地给所有的家庭成员买礼物，给小孩子压岁钱，无论什么时候，贫穷或是富贵，吝啬和抠门这些字眼，好像绝对不会出现在她的身上，她只一心对家人好，只要家人喜欢的，她都舍得买。

小姨给我也买过很多东西，给过我很多压岁钱，但最让我记忆犹新的是一个电动的飞机模型和那双我最爱的旱冰鞋。作为一个山里的孩子，我连飞机具体长啥样都不知道，但有一年过年，小姨到家里来玩，递给我一个大盒子，我迫不及待拆开，居然是一架发光有声音能在地上跑动的飞机模型，而且碰到障碍物，它还能自动转弯，我高兴极了，对这样一个新年礼物爱不释手。看着我拿着飞机趴在地上不停摆弄，在小朋友间炫耀，小姨脸上露出了阳光般灿烂的笑容。在我的小伙伴只能玩泥巴的年代，这架飞机模型陪伴了我很久，直到后来坏了修不好了，才被我小心收起来装进了柜子里。

小姨给我的另一件陪伴我很久的礼物是一双旱冰鞋，那是一双不知道以什么金属为底子的二手旱冰鞋，可以调节鞋子的长度，应该是小姨在广东学溜旱冰买来玩的，有一年回来，她就送给了我。对于这些新奇的东西，我是十分有兴趣的。虽然那时候家里的院坝还是土坝子，没有完全水泥硬化，到处坑洼不平，但我还是穿上这双稀有的溜冰鞋在院坝里，甚至在村里的晒场里尽情地驰骋，没有人教我，我居然学会了溜旱冰。那时候我每天放学回家第一件事就是溜旱冰，感受风在耳边呼呼的声音，尤其穿着溜冰鞋在晒场里转圈圈的时候，可把村里的一众小伙伴羡慕死了。

这些都是小姨带给我的礼物和快乐，这些新奇的东西，让我的童年充满了专属的欢乐，也让我对外面的世界充满了向往，坚定了想要走出大山的决心。

后来小姨回来的次数渐渐少了，我才知道小姨在广东那边结婚了，嫁给了雷州那边一个在当地农场上班的人，也就是我的小姨父。小姨跟小姨父怎么认识的，不是很清楚，但是大家都知道，小姨很爱小姨父，因为小姨父比小姨大十岁，家里也是普普通通的在乡下农场上班的家庭，需要巨大的勇气，需要多深沉的爱，才敢把自己远嫁到雷州那样一个相对偏僻的地方，远离自己的父母亲人，融入一个陌生的环境。

那时候三舅也在广东打工，知道了小姨要嫁给一个比她大十岁的广东本地乡下人，三舅气愤至极，极力反对，但是终究拗不过小姨对爱情的执着。就这样，小姨将自己留在了广东雷州，没有婚礼，没有彩礼，因为距离太远，外公外婆去不了，所以也没有娘家人的祝福，只有一对相互爱恋的年轻人，匆匆组成了一个家。从此，冥冥之中，小姨的命运也随之改变了。

婚后，小姨辞掉了在广东大城市的工作，跟随小姨父回到了雷州的一个小地方的国营农场，她盘起头发，摘下耳环，挽起袖子，戴上围裙，家里家外，忙上忙下，洗衣做饭，伺候老人，砍甘蔗、割香蕉、摘菠萝，这些她从未做过的事，她一一学会，而且渐渐样样精通。小姨用实际行动践行着，也守护着她和小姨父之间的爱情，虽然很累，但她依然整天笑脸相对，农场里的人都对她称赞有加，夸小姨父娶了一个能干的媳妇儿。为了跟当地人交流，融入当地生活，小姨甚至学会了当地人的方言，俨然成为了一个新雷州农场人。

不久后，小姨生下了一个女儿，也就是我的表妹，看着可爱的孩子，小姨觉得再苦再累都是值得的。但是小姨父却慢慢颓废了下来，整天只知道钓鱼、喝茶，家里的事几乎不闻不问，也患有"三高"了。家里的重担全部压在了小姨身上，但她仍然没有任何的怨言，继续家里家外不停地忙碌着，还在几年后又为小姨父生下了一个可爱的儿子，因为那时候当地人还是有一些重男轻女的想法，小姨为了不留遗憾，拼尽全力维护着她和小姨父的这个家。也许，她也想证明给大家看，她当初的选择是对的。

那些年，没人知道小姨是怎么熬过来的，只是几年后当我再见到小姨的时候，能明显感觉到，她已不再年轻，不再光彩照人，黑了，瘦了，唯一不变的是她脸上那熟悉的笑容。小姨还是笑脸盈盈，从不对别人讲自己的苦累，从不埋怨，对家里人一样那么大方，仿佛生活就应该如此。

可谁能料到，命运仿佛总是喜欢跟努力的人开玩笑。一天下午，小姨外出到农场上班，小姨父在家里，忙完了一些事，感觉有些热，就在家里冲凉，不想突然晕倒在洗澡间，等众人发现后将小姨父扶起来送进医院，命是暂时保住了，但却因为脑血栓，余生只能瘫痪在床。这突如其来的变故，让原本坚强的小姨也顿时手足无措，打电话四处求人，在尝试了所有办法，知晓无法改变这个结果时，面对两个可爱的孩子，小姨只能转过身默默流泪，要知道，小姨那时候也不过三十来岁。

从此，小姨不仅要用心抚育两个孩子，还要照顾瘫痪在床的小姨父以及本来就上年纪了而因此事身体更加糟糕的公婆，相当于一个人要照顾五个人。邻里虽然都知道小姨的为人，但面对这样一个风雨飘摇的家，不免还是担心小姨是否会丢下这个家一走了之，也有人劝小姨，趁年轻再找一个，一起分担下家里的重担。但倔强的小姨，每次都只是笑笑而已。她选择了小姨父，就选择了这个家，选择了坚持到底。她知道，她不能倒下，她必须撑起这个家，为了小姨父，为了孩子，也为了自己。

这一坚持就是好多年，或许是小姨父实在不忍心看到小姨这样苦累，终于在某一天，小姨父撒手人寰，永远离开了小姨。没有人知道小姨的心里是什么滋味，不舍、不甘、不怨，有爱、有恨，还是解脱？任由纷说，但也许只有小姨自己才清楚，生活给过她什么，又从她这里夺走了什么。

几年后，小姨的公婆也相继离世。从此家里只剩小姨和两个孩子相依为命，好在表妹、表弟都很听话，也很努力，相继长大成人，考上了大学，能够独立生活，没让小姨操太多心。

如今的小姨，还是孑然一身，岁月或许在她脸上刻下了痕迹，在她的心里留下过阴影，但在我心里，她依然如向日葵般，努力、热烈，随时昂着头，迎着光，追着风，自信地微笑着。

去年过年，我们一家去雷州看望小姨，小姨开车带我们在周边游玩，阳光透过车窗洒在小姨的脸上，而车里正在播放她最喜欢的一首歌：

如果爱是一杯穿肠的毒药　我喝过

如果情是一汪人世间的浑水　我蹚过

如果我的命运注定坎坷　我不会问为什么

如果自暴自弃怨天由命　那不是我

如果你有一双飞翔的翅膀　还等什么

如果你的泪水已经汇聚成河　你在酿酒吗

如果历尽磨难受尽挫折　老天还依然不放过我

那么就让狂风暴雨来得　更猛烈些吧

…………

我的姑姑们

　　我有三个姑姑，大姑性格开朗，成天嘻嘻哈哈；四姑性格强势，但多愁善感；小姑精灵古怪，"心眼子"最多。虽然是亲姐妹，却性格迥异，有时候都怀疑是不是其中有谁是爷爷当年从外面抱养回来的。

　　先说说我的大姑吧，大姑是爷爷的长女，爷爷虽然也喜欢，但是因为条件有限，再加上爷爷重男轻女，所以大姑也就勉强只上了个小学，而且只上到了三年级的样子就辍学了。据奶奶讲，那时候大姑的学习成绩还是很不错的，但是父亲出生后，为了供父亲上学，大姑就被迫回家帮着操持家务了。那时候，大姑就是奶奶的帮手，上山下田，栽秧割草，所有的活儿都要做。后来四姑和小姑出生后，大姑往往还要背着小一点的姑姑们上山捡柴、拾粪球。虽然辛苦，但是大姑从未抱怨过，整天还是嘻嘻哈哈，穷开心。

　　印象中，大姑一直就是个心宽体胖的人，脸宽宽的，身体胖胖的，说话大嗓门儿，特别喜欢笑，而且是那种哈哈大笑，往往未见其人，先听其声。大姑心地善良，悲天悯人，但是心态非常乐观，很少见到她愁眉苦脸，也很少生气。几个姑姑当中，我应该跟大姑算是最亲的了，因为上小学的时候，有段时间我是住在大姑家的，有什么好吃的好玩的，大姑都记得给我留一份，从来不会因为家里多了双筷子而区别对待，甚至有时候会优先把好吃的给到我，然后再给表哥。因为那时候，大姑家情况算比较好一点的，姑父在乡里广播站工作，收入比较稳定，所以大姑只要手里宽裕些就想方设法地帮衬着家里的父母、弟弟和妹妹，从来没有因为爷爷小时候的重男轻女行为而心生怨恨。

　　大姑其实是所有兄弟姐妹几个当中吃苦最多的，她是老大，从小就要学着照顾弟弟妹妹，还要做很多农活儿，而且经常被爷爷打骂，但是坚强的大姑从来没有放弃过，从来都是积极向上，是家里的开心果，哪怕前一秒受了气，下一秒就烟消云散了，跟大姑接触过的人，没有不被她的笑声所感染的。但是，从来人们都只看到了她的笑，却没人关注大姑的内心。大姑其实是包办婚姻，当年爷爷看同村的姑父家家境还不错，大姑也到了婚嫁的年龄，于是就大笔一挥，定下了亲事，也没人问大姑是否愿意。就这样，大姑糊里糊涂就嫁人了，不久后就生下了表哥，但大姑的婚姻其实并不幸福。结婚前大姑是很漂亮的，生了表哥后，身材走样，与姑父也逐渐产生了嫌隙，渐渐地，姑父回家的次数越来越少，尽管大姑知道了一切，但是她没有吵闹，只是一心将表哥抚养长大，然后依然尽心尽力地操持着家务，把家里大小事情安排得井井有条。

　　很多人在背后说闲言碎语，很多人劝大姑早点结束这场失败的婚姻，但大姑只是偶尔嘴上骂骂咧咧，之后很快就又恢复了往常的笑容。大姑是我见过最不计较的人，大事小事，到了她那里，都不是事。有时候，大家是真的羡慕大姑，因为在她那里，就没有过不去的坎，天下难事，大不了一笑了之。

再说说我的四姑，四姑人也是胖胖的，但是这些年一直都在减肥，前些日子见到她，仿佛是瘦了些，四姑说自己每天都要跳绳、跑步，的确是瘦了，不得不佩服她的坚持。奶奶说四姑小时候没有大姑辛苦，基本也没有做过繁重的农活，但是也没怎么上过学，也是小学没读完就辍学了。我对四姑的记忆其实不是很多，因为四姑也是很早就嫁人了，而且是嫁到比较远的另外一个村子，很少有时间回娘家，只有每年过年的时候可能才会回来一两次。每次四姑都会笑眯眯地给我压岁钱，然后又要很久才能见到她。

四姑之前经常留个短发，有点像假小子，再加上性格上比较强势，所以出嫁后，本来就没有什么感情基础，四姑父脾气不好有家暴倾向，四姑从不示弱，家里就经常吵架打架，生了表弟后，四姑也过得不是很好，最后忍无可忍就离婚了。四姑要争取独自抚养表弟，但未能如愿，只能选择远走他乡去外地打工，离开伤心地。在那个时候，农村里离婚的还是很少的，四姑离婚的时候，爷爷奶奶都极力反对，但是四姑还是坚持自己的想法，不想继续失败的婚姻，这跟大姑的想法完全不同。虽然四姑平时看起来很强势，但是实际上内心也是很脆弱的，四姑远走他乡后，每次打电话回来都询问表弟的近况，不管再难再苦，也时不时给表弟寄钱和衣物，一有机会就想方设法去看表弟。直到现在，每每提到表弟，四姑都眼含泪光，没有陪伴他成长，觉得亏欠了他。

四姑离婚很多年后，才慢慢走出阴影，然后认识了现在的四姑父，他们是在广东打工的时候认识的，都在同一个厂里上班，憨厚老实话不多的四姑父逐渐走进了四姑的生活，最后自然而然组成了新的家庭。四姑说，那时候没有举办婚礼，没有彩礼和嫁妆，甚至都没有什么山盟海誓，也就两个人手拉着手去登记领证了，从此四姑才算有了归宿和依靠。四姑父虽然也是农村的，但婚后把家里所有的钱都交给四姑，不让四姑上班了，自己只顾埋头上班挣钱。几年后他们有了自己的宝贝女儿，乖巧懂事，学习成绩也好，四姑的脸上也就多了笑容。如今，许多年过去了，四姑虽半生坎坷，命运多舛，但好在最终有了好的归宿，一家人也和睦，其乐融融。

小姑是年龄最小的，是家里的幺女，大家都叫她"人精"，因为鬼点子最多，铁齿铜牙，最精灵古怪。因为是幺女，整个家族里面都对小姑呵护有加，再加上出生在好时代，所以小姑从小也没怎么吃苦，用奶奶的话说，小姑基本上是在爷爷奶奶和其他姑姑们的背上长大的。小姑人好看，嘴也甜，性格也开朗，所以很受人喜欢，只不过从小不爱读书，爷爷奶奶也管不住她，所以也就随她任性，小学没上完也就辍学了，然后整日就在家疯玩。

记得小时候，小姑经常带我去逛街，去买好吃的，去调皮捣蛋，经常惹得爷爷奶奶又气又急，但是又舍不得打她。有时候小姑还捉弄大姑和四姑，比如自己偷吃了家里的糖果或者花了奶奶藏在枕头底下的钱，小姑总是装作一副无辜可怜样，然后说是大姑或者四姑拿的，每当这时候，大姑和四姑就只能甘愿被爷爷惩罚，完了再追着小姑满山跑，小姑则一边欢笑一边喊饶命，直到后来姑姑们都嫁人了，回想起来，也都说小姑是最调皮的。

小姑长大后，爷爷专门挑选了一个家境较好的姑爷，小姑一开始是不同意的，但是爷爷老是催着幺姑爷来提亲。幺姑爷是一眼就相中了小姑，大概是因为喜欢，所以原本腼腆的幺姑爷后来几乎每天都找各种借口来见小姑，眼看幺姑爷人也比较好，小姑慢慢地也就接受了，很快就嫁给了幺姑爷，而幺姑爷也没有辜负小姑，从来没有让小姑干过重活，小姑想要什么，幺姑爷都想方设法地满足她。总的来说，小姑的婚姻之路算是比大姑和四姑平坦很多。如今，小姑的女儿也长大了，成家了，搬到了城里。小姑没事就到城里住住，陪陪女儿，平时更多时间就在老家约上三五好友，打打牌，日子也逍遥自在。

我的几个姑姑虽然性格不同，文化水平也不高，但在爷爷的教育和影响下，都正直诚信、善良勤恳，相互之间从小相亲相爱、互帮互助。从没有因为爷爷对父亲的偏爱而有过怨恨，也没有因为谁日子过得更好而心生嫉妒，对爷爷奶奶也一样孝顺。虽然每个人的生活境遇不一样，但如今都儿孙绕膝，各得其乐。

每次逢年过节的时候，姑姑们都聚在爷爷家里，围坐在一起，有说有笑，回忆过去的时光，聊聊家长里短，仿佛总有说不完的话。做饭的时候，大姑洗菜，四姑烧火，小姑和父亲就炒菜，不一会儿，一桌香喷喷的饭菜就做好了。吃完饭，大家都抢着洗碗，帮爷爷奶奶收拾家务，整理房间，好不热闹。然后，三个姑姑和父亲会打打牌，大姑依然是笑声最多的，说话声音最大的，小姑是话最多的，叽叽喳喳一直讲不停，而四姑则在一旁故作镇定，在大姑和小姑"争辩"的时候，站出来评理断是非……

姑姑们对我格外好，总是在我困难的时候，对我伸出援助之手。小时候不必说了，总是把好吃的留一份给我，我长大了，考上大学了，因为学费昂贵，姑姑们在自家不是很宽裕的情况下，纷纷出钱给我凑学费，等到我恋爱要买房了，姑姑们也借钱给我买房子。她们见证了我的成长，也让我感受到了亲人的温暖。

我想说，我的姑姑们，有你们，真好！

我的丫头

丫头是我的爱人，我的 soulmate，是我两个孩子的妈妈，是我们这个家的小太阳。

缘分能让两个人遇见，但要一直走下去，光靠缘分显然是不够的。好在，我们克服了一切，跌跌撞撞、嬉笑怒骂，相互依偎着走到了今天。

我跟丫头是通过朋友介绍认识的，彼时，我在国外，她在国内，通过网络加上好友，然后开始漫无边际地聊天。人都说，人与人交往，始于颜值，敬于才华，忠于人品。而这些，仿佛都跟我没关系，所以很不明白，当时丫头是怎么看上我的。如果说非要在其中选一个，丫头说，那肯定是我的才华。

百无一用是书生，放在我身上是最贴切不过了。除了肚子里有二两穷酸味的墨水，其他一无是处，这点我还是有自知之明的。没有交际，不会应酬，没有情商，寡言少语，害羞脸薄……在当时，我就是我，我看到自己都冒火！在我以为可能就此孤独终老的时候，丫头如一道光，欻地一下照进我灰暗的人生，给予我人生新的希望。

丫头内心独立，自信从容，情商高，能说会道，能将一切不可能变为可能……她仿佛就是我人生的另一面。我们唯一有共同之处的地方，就是对文学的热爱。她是中文系毕业，喜欢写诗，而我喜欢写散文，从小有一个作家梦。于是，我们相隔万里，一开始以文友的名义慢慢交往，直到越聊越觉得相识恨晚，越聊越被对方的文学气息所吸引。最终我们彼此深陷，虽未谋面，但内心已倾慕对方许久。

在网上聊了一年以后，我趁探亲假回国，迫不及待与丫头见面，可能因为过于紧张，我迟到了，丫头可没惯着我，仿佛换了一个人，对我不理不睬，冷眼相待。我幻想的彼此热情拥抱的画面，终是未能如愿。第一次见面就这样不欢而散，直到我后来厚着脸皮多次约她，她才勉强原谅我，然后慢慢走近彼此，接受彼此。探亲假结束后，我返回非洲继续工作，因为很多不确定性，我没有给她任何的承诺，而丫头，一直在国内默默守候。后来，无法忍受相思之苦的我，不顾家人反对和公司领导的挽留，毅然辞掉工作回国，终于才得以与丫头长久在一起。

我后来跟丫头说，跟她在一起是我这辈子做过的最勇敢的、当然也是最正确的一件事。人的一生，总要有那么一次，为了某个人或者某件事奋不顾身，爱情能跨越山海，能让人无所畏惧，是丫头让我这个胆小害羞的青年，前所未有地勇敢追求自己的人生伴侣，去争取自己的幸福。

丫头是一个眼里有光、自带能量的女子。她无论走到哪里，都是人群中随时笑靥如花、自信从容、给人以正能量的那一个。

她虽身材娇小，但却仿佛有无穷的力量，在她身边的人，总能被她感染。曾经我是个悲观主义者、畏难主义者，很多事都可以无所谓，但自从跟丫头在一起，我会被她感染，会积极面对生活，性格也变得开朗，对人生和未来充满了希望。

当然，有时候也会觉得她是一个独裁者，她下的决定，我必须服从，她指的方向，我都义无反顾向前。虽然当时可能不理解，但后来才发现，这些决定和安排，都是无比正确的。这就是丫头的人格魅力，她能带领我和孩子们，朝着更好的方向奋斗，让我们成为更好的自己。

丫头是一个不认命、不服输的女子。丫头跟我一样，来自偏远的大山深处，父母都是老实巴交的农民，除了抚养她长大，能提供的帮助很少，甚至给不了她人生的任何建议。但她从小就坚定了要走出大山的信念，一路奋斗到成都，一边学习一边工作，然后将父母兄弟都接到自己身边，一一安顿好，其间自己和家人都生过大病，甚至命悬一线，她都硬生生地扛了过来。

丫头跟我在一起后，有一段时间，我自主创业，做了很多项目，但由于没有经验，亏了不少钱，甚至赔掉了车房，我也因此沉闷不已，一蹶不振。丫头见我如此，并没有过多苛责我，而是陪着我，鼓励我，然后自己想方设法多做事情，多挣钱，跟我一起面对命运的低潮期。在她的世界，天无绝人之路，哪怕没路，她也坚信自己能走出一条路，并最终实现自己的目标。

丫头是一个敢爱敢恨、心胸宽广的女子。丫头与我在一起，算是双向奔赴。但我与她性格上实际相差还比较大，她大大咧咧、爱憎分明，我心思缜密、可左可右，于是我们难免会因为一些事情而争执甚至吵架。每次吵架，她都第一时间把我拉黑，甚至把我锁在房门外，乱摔东西。但隔不久，她气消了，又跑来给我找台阶下，可怜巴巴跟我道歉。只能说，她恨人的时候是真恨，爱人的时候也是真爱，在自己人面前从来不掩饰自己的内心。对于她喜欢的人，她可以倾尽所有，低到尘埃里，完全不在意别人的眼光；而对于她不喜欢的人，给她全世界，她也不为所动。曾经有很多人反对我们在一起，不看好我们的未来，但丫头用行动表明了自己的态度：爱就爱了！

丫头是一个会生活、有爱心的女子。她总是将我和孩子的生活安排得明明白白，虽然不见得会亲自去做，但她肯定会督促我们去落实。丫头不太喜欢总在外面吃饭，所以只要一有时间，她就会去市场买来食材，丢给我，"命令"我在家给她和孩子做好吃的，哪怕是早餐也不例外，用她的话说，要是吃不好，她就一天都没有力气干活儿。每到周末，她再忙也要抽出时间带孩子们出去玩，去郊外摘水果，去公园骑自行车，去游乐场打游戏……同时，丫头经常买来鲜花绿植、金鱼、仓鼠等放在家里，虽然她并不擅长侍弄这些花鸟虫鱼……在她的身上，总能看到人间的烟火气，让人感觉安稳舒心。

丫头也是个十分有爱心的人，她可以为素不相识的陌生人捐款，为偏远山区的孩子捐衣服，为邻居的悲惨遭遇而愤愤不平……虽然有时候也被骗，但她从未改变过初心，只求力所能及，问心无愧。

当然，丫头也有很多我一直看不惯的缺点，比如她总是丢三落四，穿完的衣服随手乱扔，挤完牙膏不盖盖子，看不懂导航，认不得手表时间，坐车坐反方向……丫头从来不做饭，因为她会把锅烧烂；她也不洗衣服，因为她说会让手变粗；她酒量不好还经常抢着喝我的酒,然后使劲捶我……我也偶有怨言,但每次只要我提起这些事, 她就笑着跑过来掐着我脸, 眨巴着眼睛说: 难道你不觉得我这样很可爱吗? 我竟无言以对。

转眼间, 丫头与我已走过十个年头, 从相识、相知、相爱到相惜、相伴、相守, 我们吵过、闹过、崩溃过, 也幸福、快乐、疯狂过, 我们一起经历了人生的起起落落, 一起建立属于我们的小家庭, 一起抚育我们爱情的结晶, 丫头于我, 是爱人, 是知己, 是伴侣, 更是亲人……

"如果有好感, 那就是喜欢, 如果这种喜欢, 经得住考验, 那就是爱。" 丫头, 我对你的喜欢经得住考验, 我想你也是。丫头, 春告鸟, 夏鸣蝉, 秋落叶, 冬吹雪, 三生有幸, 余生有你, 与你携手, 四季常在。

致我的姑娘

　　女性的角色是上天注定的，是父母给予的，我们无法改变。女人如花，女人似水。在人生漫漫历程当中，或风平浪静，或波涛汹涌，这都不重要，重要的是作为女性，如何利用自身优势优雅地活一生，用自己的风采感染身边的所有人，给家人朋友甚至陌生人带去好运。

　　亲爱的姑娘，虽然生活在今天对于你来说，天是暗的，风是冷的，也许喝口凉水都会塞牙，但是，我多希望能让你了解，一切最终都会化为一个会心的微笑。请好好享受你的二十三岁，努力而不费力地，等待岁月为你揭晓的答案。

　　亲爱的姑娘，我向你保证，人这一辈子的幸福与苦难，绝对都是在你能承受的范围以内。生活比你还要了解你自己，它可狡猾了，它给你的苦涩，永远让你失望而又不至绝望。而给你的甜蜜，永远让你浅尝即止而充满想头。总而言之，"It sucks,but you will love it."。

　　人在二十多岁的时候，总要愿意相信一句话：生活在别处。

你们很容易地放弃一份工作，很轻易地放弃一段感情，很轻易地放弃一个朋友，莫不是因为这种相信。可惜人要到很久之后才能明白，这世界上并不存在传说中的"别处"。你所拥有的，也不过是你手上的这些，而你兜兜转转最终得到的，也不过是你在第一个站台错过的。

爱与责任，悲天悯人。内心有爱就能理解，有了责任才能担负起自己的生活。一个人有责任就不会成为一个坏人，如果再有高于同情心的悲悯情怀，那便能影响更多人获得爱，传播爱。

人生尽是欢愉，所有的经历最终都会成为丰盈自己的养料。谦卑到尘埃里，然后开出一朵坚毅的花。转一个圈，生活总有意想不到的局面。

一切的发生都没有意外，无论之前那些该发生或者不该发生的，这世界上没有"应该"二字。我们的世界里有太多的遗憾和后悔，有太多的不舍和难忘，但学着接纳与接受，试着沉静与从容才是最终的选择。

时刻保持让自己强大和优秀的能力，和拥有自由选择的能力。比如爱情和婚姻很重要，但那不是人生的所有，只是人生的一种经历和状态。对人对事投入但不执着，享受但不沉迷。要懂得去把握自己能把握的，改变自己能改变的，尊重和包容别人，不要强迫去改变别人。

幸福是没有标准答案的，以不伤害别人为前提，全力以赴做自己想做的事，只要自己开心就可以。幸福是发自内心的喜欢和愿意。

首先要清楚自己想要的是什么，你觉得工作重要，你享受在工作中获得的成就感，肯定不能全方位照顾家庭。你要和家里人有一个充分的沟通，找到一个爱你的人并不难，难的是找到一个懂你的人。所以要找到一个懂你并愿意支持你的人，那个人懂你存在的价值是在支持你拼搏事业中体现。

无论是工作还是生活，都应该保持可以随时转身的能力。女人最大的魅力，不是经济独立，不是花容月貌，而是时刻拥有让自己变优秀的愿望和能力，只有足够优秀才能自由选择工作、生活，和你想做的事，才能实现时间、财富、行为、思想的真正自由。

回归的心来自人生对自我起点与终点的跋涉。回归自我是人性的至美，是生命迂回曲折的河流最终汇入江海的静谧，是在走遍山川湖海之后，回味旅途中看山还是山，看水还是水的清醇，与参悟返璞归真的人生真谛。

从活成他人希望的模样到找到自我，不再被他人所定义。亲爱的姑娘，愿你往后余生，碧海微澜仍能乘风破浪！

·第三辑·

余笙闲话

在这人世间，
有些路是非要单独一个人去面对，
单独一个人去跋涉的，
路再长、再远，
夜再黑、再暗，
也得独自默默地走下去。

小花园·梦想

人的一生，总该有个梦想，有人梦想着成为成功的商人，有人梦想着成为伟大的作家，有人梦想着成为钻研学术的顶尖科学家……当然，梦想不分大小，一间属于自己的房间，一辆代步的小汽车，一条心仪的裙子……而我，从小就有一个小梦想，那就是拥有一个属于自己的小花园。

打小，我就是悲天悯人的性格，见不得搁浅在即将干涸的水凼里奄奄一息的小鱼，见不得衣衫褴褛、四肢不全瘫倒在路边可怜乞讨的乞丐，甚至听不得略显悲伤的故事，看电视剧都只看喜剧部分，悲剧部分直接跳过……是的，一颗玻璃心，造就了贯穿一生的细腻和敏感，而情感细腻的人，大多喜欢侍弄些花花草草，我也不例外。

因为喜爱，我也总喜欢将路边、田野、山间的小花小草小树苗小心移栽到自己的私家小花园里。与其说是私家小花园，其实也就是小时候的我在家门口徒手清理出来的一块空地，用许多木棍插入空地边缘，将这块小空地围起来，便是我的私人领地了。

　　一开始，我在小花园边缘种上一排小叶万年青，期待着它们长大了能替代光秃秃的木棍，让花园领地界限更清晰，阻挡鸡鸭的侵扰，也给小花园增添一些生机。至于花园里该种些啥，我是真的费了一些心思。无论我走到哪里，都会用心留意我喜欢的花草品种。记得有一次，我到外婆家玩，在大山深处，当我们路过山涧，伴着潺潺的流水声，忽而闻到一股清香，是一种特别的花香，不似桂花香那种浓郁，也没有栀子花香那般甘醇，清淡而不失韵味，雅净而不平庸，闭上眼睛感受，仿似一位素衣斗笠的姑娘，躲在茂密的树丛中，只露出一半的眉眼，似笑非笑……

　　我当时就被这独特的花香所吸引，便与小伙伴们四处寻找起来，寻着花香，终于在一棵松树下的灌木丛中，扒开松针碎叶，看到一株生机盎然的兰花草，一束兰花傲立其间，悠然开放。我欣喜若狂，迫不及待凑上前闻一阵花香，沁人心脾，天上人间。我决定一定要将它种到我的小花园里，生怕它会消失不见，我就让小伙伴留下来看着它，独自飞快跑回外婆家，拿来锄头和袋子，然后小心翼翼将这株兰花草连带着泥土挖起来，装进了袋子。

　　外婆家那边的泥土与我小花园的泥土不同，我们称之为"小土"与"大土"，为了给这株兰花草营造几近相同的生长环境，我不惜从外婆家挑"小土"和松针回家。要知道，从外婆家到自己家有十多里的距离，而且都是山路，只能步行。外婆不明白我对这株兰花草的喜爱，并不同意我这小身板挑土回家，但最终拗不过我，只好给我找来一根竹竿，两头挂着"小土"和松针，怕磨肩，又在两边肩膀上垫着两块厚布，哪怕十步一歇，气喘吁吁，汗流浃背……就这样，我把兰花草连同它喜欢的"小土"和松针一起带回了家，虽然很辛苦，但看到喜爱的兰花草在我的小花园里安了家，静静地绽放，就妙不可言。

后来，小花园里陆续又种上了君子兰、小黄菊、金银花、野玫瑰、月季花等，但在很长一段时间里，我都独爱这株来之不易的兰花草。

除了兰花草，我的小花园里还有一株小草，也是很有来历。记得某一天，从广东打工回来的舅舅，到我家来串门，看到我后，神秘地从包里翻出一个小小的袋子给我，然后告诉我，那里面装的是一种小草的种子，是很特别的一种植物。我小心翼翼地接过来，仔细端详，小小的略带毛边的种子，其貌不扬。

因为是从遥远的广东带回来的，这边不曾见过，所以我视若珍宝，也好奇这几粒小小的种子长大后会变成什么样。于是，我在小花园里特地留出一块脸盆大小的空地，除草，松土，洒水，然后将种子小心翼翼种下，因为种子是从广东带过来的，应该喜热，所以我怕冻着它，还特意给覆盖上一层薄膜保温。

剩下的时光就是每天来看着它们发芽，生根，长出第一片、第二片、第三片嫩叶……

随着叶片越来越多，我发现个有趣的现象，这植物叶片晚上是闭合下垂的，而早上就像苏醒的孩子立马有了精神，叶片舒展开，贪婪地吮吸着阳光。但它似乎也很害羞，微风吹动或者用手轻轻触碰，甚至在旁边大声说话，它又将叶片收拢回去。这是我从来没见过的神奇植物，觉得十分稀奇，迫不及待邀请众多玩伴来观赏，后来才知道它叫"含羞草"，在炎热的广东等地其实很常见。小花园里的含羞草虽经过我的精心照料，也开花结果了，但最终还是因为水土不服，到了冬天便枯萎了，第二年也未能复活，结的种子也不饱满，也就没了后续。

多年以后，我到广东省雷州市看望在那边打工的父母，见到遍地的含羞草，依然能回想起它当年长在我那小花园里的美好光景。

儿时的小花园，随着我离开家乡外出求学，而渐渐荒废，也被遗忘在了记忆中的某个角落，但心中的花园梦却从未消失过。大学毕业后，因为工作的原因，我被外派到非洲，在项目基地里，我特意让非洲同事在基地宿舍后开辟出一块空地，种上一些为数不多的品种的植物，比如月季、小玫瑰、栀子花、芦荟等，打发时光的同时，也让我在异国他乡算拥有了自己的小花园。

非洲温润的气候，使得小花园里的花几乎能不断开放一整年，尤其是月季和小玫瑰，开得十分艳丽。那时候，跟如今的夫人正谈着恋爱，知道她喜欢喝玫瑰花茶，我便每天清晨到小花园里采摘最新鲜的含苞待放的玫瑰花骨朵，晾晒在屋顶，待干透以后装起来，回国的时候就带给心中的她，真正的天然原料，纯手工制作，也算一点心意。在非洲三年多，小花园陪伴我度过了漫长的岁月，给那段看似漫长而稍显无聊的时光增添了一抹亮色。

后来，回国后在成都买房子，我就梦想着能继续拥有一个小花园，终究未能如愿。无数次，我看到许多朋友在谈论他们的小花园，分享他们沉浸在终日整理耕耘自己小花园的点滴里，我都艳羡不已。

如今快节奏的生活，车水马龙的喧嚣，霓虹闪烁的聒噪，将人们禁锢在这钢筋水泥铸就的城市森林，我们被生活中的种种所拖累，心难静，意难平，很难找到一块属于自己的净土，让生活慢下来，让心灵能短暂休憩。这也是为什么许多人同我一样，喜欢一头埋进自己的小花园，除草、施肥、捉虫、修剪……或者什么也不做，搬一把椅子，坐在小花园里，闭上眼睛，晒一整天的太阳。

也许，过几年，待我看破这世俗名利，放下心中的欲望，回到老家，再拾掇一块空地，重新种上些花草，每天看庭前花开花落，望天边云卷云舒，真正了却我的小花园之梦，也未可知。

小包子·大学问

　　早餐吃得好，一天心情好！身处快节奏的时代，像我们上班一族，早出晚归，想要在家悠闲地做个早餐，略带仪式感地吃个早饭，是极其奢侈的。我平常几乎就是顺路在小区门口买点包子馒头拿杯豆浆对付一下即可。

　　我所居住的小区周围先后开了四家包子铺，其中两家老板是湖北人，另外两家老板是泸州人。湖北荆楚大包不像天津狗不理那般有名，但跟湖南人开的快印店一样，早已遍布全国，俨然已成为湖北对外输出的一张名片。我家这边两家湖北包子铺先开，两家泸州包子铺后开，尤其泸州包子铺中的小陈包子铺是最后开的。但目前，泸州小陈包子铺却是生意最好，也是我最爱光顾的一家。

　　小陈包子铺店面属实很小，充其量也就八九个平方米大小，而且还是狭长的开间，店招也小，不仔细看都很难发现这里居然有家包子铺。但这些都丝毫不影响它后来居上，成为我心中的 No.1。最近老爱去这家小陈包子铺买包子，哪怕需要

愿
有
岁
月
可
回
首

且
以
深
情
共
余
生

多走一段路，但发现其生意是真的好，比其他三家先开的包子铺更受欢迎。我这人好奇心比较重，连续一个月观察，终于发现了其中的一些奥妙。然后不得不佩服小陈包子铺老板的生意经。

首先，金杯银杯不如老百姓的口碑，口碑从哪儿来，那排在第一位的绝对是：质量！放在小小的包子铺上，包子的质量，也就是口感，肯定是最重要的。周边这四家包子铺的包子我都吃过，而且不止一次，对比下来，小陈包子铺的包子就是好吃。

经过研究，不难发现，掰开其他几家包子铺的包子，里面的小葱、包菜甚至碎肉等馅儿都是暗淡无光的，总感觉没有小陈包子铺的新鲜，因为小陈的包子掰开来，就能看到仍旧绿油油的小葱、白生生的包菜和富有弹性的鲜肉粒。都是新鲜的食材，为何会有这样的区别？奥秘在于，小陈包子铺的店里一直都有四个人，小陈一个人在外面卖包子收钱，另外三个人就在店里面现包包子，也就是说，小陈的包子全部是现做现卖。做一笼，卖一笼，哪怕单子再多，都不会批量做了提前上蒸笼，这就保证所有包子都是新鲜上笼，再掐着时间新鲜出笼，然后第一时间交给食客，避免包子在蒸笼上长久反复地蒸，而失去了最佳最新鲜口感。当然，这样的方式，其实需要店里现包包子的人不停地输出，也是一项辛苦的体力活。

其次，小陈会做人。有了质量，还得会笼络顾客。毕竟小陈包子铺是最后开张的，位置也不是最好的，店面店招也小，除了质量，其他皆不占优势。但好在，老板小陈为人厚道，很多人都慢慢冲着他的为人而放弃了其他几家他们之前经常光顾的包子铺。小陈的包子都是手工现包的小笼包，一笼八个，但有好几次我去买包子，他都给我装了十个，还没等我开口问，小陈就说，刚刚手工包的这两笼，有点小，所以每一笼多给装两个。其实不仔细看，也看不出小了多少，但小陈这一举动，无疑展现了他的厚道和诚恳。

还有一段时间，小陈包子铺门口都放着一堆新鲜的小葱，小陈告诉买包子的邻居们，今天的葱买多了用不完，家里需要葱的，直接拿就是了，拿完为止。没人关心他家的小葱是不是真的买多了用不完，但这一操作无疑又圈了一拨大妈粉，买个包子顺带还能免费领几根小葱，邻居大妈们回去一宣扬，小陈包子铺就算打开了局面了。

后来，在跟包子铺老板小陈的聊天中，又得知，其实他当时选择这么个位置不好的小店面，是有他的考虑的。包子铺旁边正好是一家成华黑猪肉品牌店，也就是卖那种纯粮喂养的黑猪肉的，他家的猪肉确实好吃。然后小陈就跟这家猪肉店合作，猪肉店里卖不完的品质也不差的猪肉都给小陈的包子铺，这样，就能保证肉馅儿的品质，绝对比外面那些来路不明的肉馅儿好太多。很多顾客知道后，都更加放心小陈的包子，也都在无形中替他们做了更好的宣传。

再次，小陈整天都是乐呵呵的，我每次去买包子，都感觉他捡到钱了似的，满面笑颜。可能应了那句话：爱笑的人，运气不会太差。开包子铺其实是很辛苦的，每天四五点就要爬起来和面揉面、剁肉馅儿、熬粥、煮鸡蛋、磨豆浆……然后就开始不停地现包包子，直到差不多中午时分，才得以休息一会儿，然后收拾收拾，又要开始准备第二天要用的小葱、包菜、肉馅儿等，通常到晚上九十点钟才能收工，日复一日，年复一年，起早摸黑，挣的都是辛苦钱。虽如此，小陈依然笑对所有人，不时跟顾客开开玩笑，聊聊家常，乐观开朗，感染着身边每一个人。所以，大家自然也愿意经常光顾小陈的包子铺，因为谁也不想，一大早去买个包子，还遇到一张臭脸，从而影响一整天的心情。

小小包子，大大学问，任何事，只要做精做细，将质量和顾客放在首位，不怕没人买单，想失败都难。我有时也在想，写作何尝不是如此，内容、结构、文字就是质量，读者就是顾客。写再多，没有质量的废话连篇，味同嚼蜡；写再好，不接受读者的批评，闭门造车，不受读者欢迎，也不能称之为一个好的作品或者优质的作家。

当然，就像小陈的包子，还是要借助一些形式打开局面，好的作品也需要曝光度，毕竟有时候酒香也怕巷子深，想当年阿来的《尘埃落定》、陈忠实的《白鹿原》等，都是历经曲折才得以引起广泛关注。但我们应该始终相信，好的作品必定能经受起时间的考验，能引起读者共鸣，能被大多数人认可。

酸，是一种生活态度

　　人是一种高级动物，人有思想，有感情，会哭会笑会品味。所以生而为人，众生皆应感激，尽管人生含百态，一路上或将尝尽酸甜苦辣，但，这何尝不是一种幸运，因为丰富所以多彩，因为有味道，所以更值得缅怀！

　　而对于我来说，我尤其对一种味道情有独钟：酸！这个"酸"不是醋酸，不是柠檬酸，也不是酸奶的酸，而是独特的四川泡菜的"酸"！从记事以来，这独特的酸味就跟随着我一路成长，不管是穿梭在灯红酒绿的城市森林，还是行走在遥远的异国他乡，我无时无刻不在怀念这股酸味。曾经走遍了大半个中国，在不同的地方停留，喝过山西的老陈醋，吃过欧巴的韩国泡菜，也尝试过东北的咸菜疙瘩，但是始终吃不出四川泡菜那独特的味道，甚是奇怪。

　　四川有句俗话：姜开胃，蒜打毒，泡菜吃了壮筋骨！四川人对泡菜的专属情怀，是一般外地人无法想象的。走进任何一家地道的川菜餐馆，可以没有梅子酒，没有花生米，没有老陈醋,但是绝对不能没有四川泡菜!四川人无论是吃面还是火锅,一碟泡菜是标配,仿佛少了那股泡菜的酸味,这食物就少了灵魂一般。

四川人爱吃、会吃,而且川菜麻辣鲜香,味道很重,按理来说,浓重的麻辣鲜香应该早就盖过了泡菜的酸味,或者长时间让舌头沉浸在重口味之下,恐怕吃其他任何菜都觉得寡淡如水了。然而,也正是由于川菜的重口味,尤其川菜炒菜含油量高,所以人们在吃了油腻、麻辣的川菜后,来一口清爽鲜脆的酸酸的泡菜,开胃又解油腻,用一句四川话说:"那感觉简直不摆了!巴适惨了!"

四川泡菜的那种酸味,根据食材种类以及泡制时间的长短,而味道不一。我查了下资料:泡菜的酸味主要来自乳酸菌,靠乳酸菌的发酵生成大量乳酸,而不是靠盐的渗透压来抑制腐败微生物。泡菜使用低浓度的盐水,或用少量食盐来腌渍各种鲜嫩的蔬菜,再经乳酸菌发酵,制成一种带酸味的腌制品,只要乳酸含量达到一定的浓度,并使食材隔绝空气,就可以达到长久保存的目的。泡菜中的食盐含量为百分之二到百分之四,是一种低盐食品。

而且,泡菜不仅味道可口,还特别有益于身体健康,泡制良好的泡菜有丰富的乳酸菌,可帮助消化、开胃健脾。但是制作泡菜也讲究一定的方法,比如不能碰到生水或是油,否则容易在泡菜表面起一层白色的物质,俗称"生花",不仅影响泡菜的口感,时间久了,泡菜还会腐烂。若是误食遭到污染的泡菜,也容易拉肚子或是食物中毒。

其实世界各地都有泡菜的影子,风味也因各地做法不同而有些许差异，其中涪陵榨菜、俄国酸黄瓜、德国甜酸甘蓝，并称为世界三大泡菜。但是，这三种泡菜我都吃过，感觉还是不及四川的泡菜，尤其离四川较近的重庆涪陵榨菜，味道完全不一样，四川泡菜是将食材洗净晾干放入土坛中，然后加上凉白开，放入泡菜盐。水量要漫过所有食材，这跟东北的咸菜、辣白菜和涪陵榨菜的制作方法有一定的区别，再加上，四川的水质也很独特，所以腌制出来的泡菜风味也就更加独特，无法言喻。

　　四川人都有一种泡菜情结，就像四川人对麻将、盖碗茶和川剧变脸的情结一样，现如今，泡菜已经不单是一种食品，而更多是一种文化，一种传承，一段历史，一种独特的地域情怀。其实，四川泡菜历史悠久，源远流长，有文字记载的泡菜制作历史可以追溯到一千五百多年前。北魏贾思勰所著《齐民要术》中就有制作泡菜的专述。泡菜制作工艺堪称我国悠久而精湛的烹饪技术遗产。在巴蜀，几乎家家做，人人吃，筵席上也要上几碟泡菜开胃解荤。清朝年间，川南、川北民间还以泡菜作为嫁奁之一，足见泡菜在当地百姓生活中的地位。

　　而对于我来说，四川泡菜的酸味更是一种情怀，一段感情。还记得小时候，老家老宅中那一坛老泡菜，奶奶每次烧鱼、煮面、熬粥时都要从那老坛中取出一些泡菜，然后搭配着其他食材一起吃，味道极好。在我外出求学的过程中，每次放假回家，我都要带一罐泡菜到学校，然后跟室友们分着吃，甚至有一段时间，我自己在宿舍里也制作起了四川泡菜，不过味道始终不及老家奶奶制作的那坛老坛泡菜。现如今几十年过去了，老宅已经荒废得差不多了，老坛也在岁月变迁中不幸摔碎只剩残片，但是出于对那老坛泡菜酸味的情有独钟，尤其是那一老坛的老酸水，让我欲罢不能，所以在几年前我从老家亲戚家借来老酸水重新起了一坛泡菜，我护之如珍宝，除我之外，平时不让家里任何人触碰，就怕坏了那一坛老酸水。几年过去了，这一坛我亲自守护的老酸水四川泡菜几乎每天都陪伴着我，就如同小时候奶奶一直陪伴着我一样。

四川有很多非常有特色的菜品，其中不乏登上过国宴餐桌的大师之作。但是我想说，如果要我评出四川最受欢迎的菜品，那肯定非四川泡菜莫属，因为它虽然制作简单，食材易得，品相也一般，但是也正是这些原因，使得它成为了大众菜品，人人都做得出，吃得起，最关键是味道极好，并且承载了太多的情怀和文化，是名副其实的"川菜之魂"！

"随时随地一口酸，走路不得打川川"，四川人要吃了泡菜才有力气，才行得正走得直。人生百味，酸甜苦辣，酸排在第一位，我觉得是有一定道理的。

酸，是一种生活态度，不会让人觉得受不了而一下子放弃，也不会让人觉得很舒适而止步不前，愿你我都能从酸开始，先苦后甜，最后畅享欢乐的人生！

乱谈情

　　人因为有感情，所以很奇怪。可能其他生物，永远也无法理解人类一些怪异的想法和举动，而这一切，皆缘于人类复杂的感情。

　　很多人，长时间习惯了一个人的生活，也从未想过要为谁或者为一段感情去改变，一直都是我行我素。简单地以为，谈得来的就深交，讨厌的就绝交，不咸不淡的就放着也好。而后才逐渐明白，这种认识有多肤浅，究其原因，竟是未曾动过真感情，未曾遇到那个撩拨心弦，令其可以改变的那个人。

　　少年时，总喜欢为赋新词强说愁，还记得总爱把"曾经沧海难为水，除却巫山不是云""衣带渐宽终不悔，为伊消得人憔悴"等诗句写在日记本扉页的懵懂少年吗，还记得那捧着村上春树、安妮宝贝的书却要坚持四十五度角仰望天空的孩子吗……终日捧读那些诗句文章的少男少女们，可知道元稹为了高官厚禄始乱终弃崔莺莺，而后又在原配妻子韦丛死后没多久就再结了新欢，最后又迅速与薛涛等女子交好；而柳永其实就是一个混迹于各大妓院，以为妓女写词为生的潦倒落榜者，死后无人为其举丧，名妓谢玉英和陈师师等人凑钱才将其埋葬……所以当时年少的我们真的懂得这些诗句的含义吗，又真的懂得男女感情吗？

随着年纪的增长，我们会对一些人倾心，会表达会冲动，并幻想自己的感情会像那些朦胧的诗句里描绘的那样圣洁完美，妙不可言。也许我们付出了，珍惜了，一心一意却没有好的结局，甚至两败俱伤。为什么呢？因为我们最开始都很单纯，只知道拼命付出，朝朝暮暮，生硬地给予，而感情是需要经营的，是一项两个人的事业，不懂得怎样迁就、理解和包容，不知道商量、探讨和改变，就注定会失败，不管曾经两个人多么努力，也不管这份感情有多深厚。很多次磕磕绊绊之后，或许已经头破血流，灰心丧气，但至少你要反省，你要吸取教训，总结经验，遇到下一个人时才能从容淡定，举重若轻，把握住那个对的人。

谈感情就像学游泳，不管你理解了多少理论知识，交流了多少心得体会，如果你老是站在岸边看，而不下水去试，那么你永远也不可能真正学会。不去深陷其中，就无法体会情人眼里出西施，一草一木总关情的那种心境，更没法想象山无棱，天地合，乃敢与君绝的那种坚定……当你作为旁观者，或许会嘲笑陷入情感中的人，其行为想法是那么荒唐可笑，甚至不可理喻，近乎变态。可未料有一天，自己却有过之而无不及，还不自知，这就是感情的魔力，是一种无法用旁观者眼光去解释和妄加评论的镜像，不理智，却普遍存在，世界也因之而更加丰富精彩。

历来文人骚客，爱将自己的感情化作诗句文章，淋漓尽致地表现个中酸楚和愉悦，古有《孔雀东南飞》中"君当作磐石，妾当作蒲苇。蒲苇纫如丝，磐石无转移"的坚贞不渝，今有《见或不见》中"你跟，或者不跟我，我的手就在你手里，不舍不弃"的寂静等候。或许是古文诗词有些晦涩隐秘，相比之下，笔者更喜欢现当代文人对于感情的描绘和诠释，尤其是民国时期才女们的文字，在那样一个动荡又受到西方文化熏染的年代，配上自身凄楚动人的感情经历，足以令听者伤心，闻者流泪了。其中林徽因、陆小曼两人自不必说，民国四大美女其中两位，都与徐志摩有着密切的关联，身为陆小曼丈夫的徐志摩最终也死在了去见林徽因的途中，留下陆小曼独守岁月香消玉殒，个中纠结不必去谈。而另外一位传奇女子，当数张爱玲，民国四大才女之一，为什么要说她，是因为特别喜欢她对感情的认真和执着。

　　下面就以张爱玲的三句经典语录来谈谈感情之事。

1. 人生最大的幸福，是发现自己爱的人正好也爱着自己。

　　这句话虽然没有特别明确的出处，但想来应该也是张爱玲从与胡兰成的感情里有感而来的。这样一种情感，却是多少痴情人一辈子都向往，但却可遇而不可求的。感情是相互的，没有人愿意单方面付出感情却得不到回应，现实世界里，要么你爱的人不爱你，要么爱你的人你却不爱，这是一种合理的怪象。倘若百转千回，历尽沧桑后，终于发现自己爱的人正好也爱着自己，那将是一种怎样的欣喜若狂，称之为人生最大的幸福，想来一点也不为过。

愿有岁月可回首　且以深情共余生

2. 在你面前我变得很低很低，低到尘埃里。但我的心里是喜欢的，从尘埃里开出花来。

这是张爱玲写在给胡兰成的照片背面的文字，可见张爱玲当时对胡兰成的感情，只有付出过真心，认真对待过一段感情的人才会有这样的体会。当你爱一个人时，你的一切都显得微不足道了，只要对方欢喜，只要对方安好，你可以舍弃自身一切，包括现在和未来，财富与尊严……你会收起曾经桀骜不驯的伪装，孤芳自赏的冷漠，在爱人面前永远保持最明亮的笑容；你会变得敏感而又愚笨，坚强而又脆弱，高大而又渺小，只为守护一份专属的感情；你会伤感，彷徨，难过，痛苦，欢笑，高兴……在爱人面前，即使是低到尘埃里，心里也是喜欢的，甚至开出花来，从无怨言。

3. 因为相知，所以懂得。因为懂得，所以慈悲。

这也是张爱玲对胡兰成说过的话，据查是张爱玲回应胡兰成给她写的诗时说的，但笔者更愿意将之视作张爱玲对胡兰成的情感表白。世界之大，两个人相遇即是缘分，倘若再相知，那便是前世未断的情缘。因为相知，所以懂得。你我既然相知，一言一行，一举一动，不必多言，因为懂你。你中有我，我中有你，不分彼此，因为我懂。这样一种心照不宣的默契，不是人人都能做到的。因为懂得，所以慈悲。这已然又上升到了一个新的高度，我自己着实不知道如何才能诠释好这句话，姑且将网上一段理解放置这里，合理与否，由大家来评辩："如果你觉得能够'懂'，也就是你真正理解和信任这个人，那么他对你所做的一切都没有什么应该或者不应该，不过是'当然'

而已。所以如果有这样一个人让你觉得真正可以放下自我的爱或者恨、喜或者怒，那么你为他所做的一切，都是来自你的'愿意'。爱的执着，必然生出种种苦恼。而放下对目的的执着，便没有得或者失。一件事如果没有做者，没有受者，不在乎过程，不注重结果，又舍不得抛弃，唯此才说'慈悲'。"

以上三句话当是深陷其中的人最有体会。感情就是这样一个不可理喻的东西，曾经你以为无法接受的你接受了，曾经你觉得不以为然的你在乎了，曾经你嘲笑过的荒谬也变得合情合理……这就是改变，虽然过程是有些许痛苦的，但你却甘之如饴，享受其中。凡世人者，皆逃不过一张情网，历来文人骚客，英雄盲流，帝王平民，终免不了儿女情长，各种情感纠葛。所以你我庶人，不如静静等待，好好享受，爱过知情重，醉过知酒浓，只有经历了才能成长，只有失去过才懂得珍惜。

纵观所有能够长久维持的感情，其中必有一方能够无限包容另一方，或者说一方稍显强势，这样的感情最稳定也最持久。所以我想四川人应该是聪明的，也对此更加深有体会，因为四川妹子以泼辣著称，而汉子却是以"耙耳朵"闻名。所谓一方强势，并不代表另一方就弱势，只是不予计较，懂得包容罢了，叶问也如是说：世界上没有怕老婆的男人，只有尊重老婆的男人。无论男女，所有沉浸于感情中的人都需要谨记这一点，即尊重对方，这样才能长久，才能幸福。

我们在日常生活中，不难发现那些平日里斗嘴，甚至恶语相向的夫妻，最终却能白头偕老不离不弃，原因在于不管谁占理，斗嘴的结果总是会有一方先妥协。比如有这样一对夫妻，老婆一直以来事事都听老公的，生活上更是无微不至地照顾老公。老公被查出食道有问题，手术后医生建议三餐不要吃太饱，不要吃太油腻，不要喝酒抽烟。而老公却是个老烟民，又爱吃，所以妻子每天亲自下厨，炒菜只放一点油，而且每次只给老公盛一小碗饭，最后把烟也全部没收了。

几天后，老公受不了了，在饭桌上就跟妻子吵嘴，抱怨吃得太清淡了，而且每餐都没吃饱，关键饭后还没烟抽……妻子只是听着，完全不生气，待老公抱怨得差不多了，才慢条斯理地给老公重复医生说的话，然后笑着说知道了，明天炒菜一定多搁点油，换大碗吃饭，可以抽支烟，尽管老公依然表现出不高兴，嘴里骂骂咧咧，但还是端起小碗吃饭……而第二天，炒菜还是一点油，吃饭还是小碗，还是没烟抽，老公又开始抱怨，而妻子还是那套说辞……就这样，老公日复一日地抱怨，妻子还是坚持按照医生的嘱咐为老公安排生活，没过几年，老公的食道问题就完全消失了。这就是一对懂得相处之道的夫妻，明显老公比较强势，每次都是妻子先妥协，但是老公也适可而止，因为他知道妻子是为自己好，所以内心应该是甜蜜幸福的。这样的感情绝对能够长久，少男少女们应该多去领悟其中的智慧。

最后一点，每个人都应该明白，不是所有事情付出了就会有回报，更何况感情乎？你有对别人付出感情的权利，别人却不一定接受，甚至将你的感情踩在脚下，转而义无反顾向另外一个人付出自己的感情。面对这样的情况，你需要淡然，需要"因为懂得，所以慈悲"的那种情怀，告诉自己不必强求，因为在你付出感情时可以想到可能的结果，但至少付出了，无悔了，又何来的失望与伤悲。

"多情自古空余恨，好梦由来最易醒。"对于感情，我们需要经营，但无须猜测结局，因为缘分天定，不如且行且珍惜，好好享受吧。

天上的爱情　人间的婚姻

　　爱情是人类永恒的话题，而爱情到底是什么，却没有人能够准确定义。爱情可以是春日里的花朵，夏日里的阳光，秋日里的微风，冬日里的白雪；也可以是山间的清泉，峡谷的河流，沙漠的绿洲；爱情还可以是清晨的露珠，傍晚的彩霞，深夜的星星……

　　有人认为爱情是想念，是牵挂，是陪伴，是微笑，是等待，是一切美好；而有人认为爱情是束缚，是争吵，是背叛，是伤痛，是离别，是所有不幸。而笔者认为，爱情是妥协，是包容，是经营，是成长，是婚姻，是所有酸甜苦辣。爱情不是简简单单一句"我爱你"，不是我叫你 honey，你叫我 sweety，更不是互相折磨，彼此猜忌……爱情很复杂又很简单，它很神圣又奢侈，也很俗气又廉价，它就像是天空中的海市蜃楼，看得见，却摸不着，那么美好，却那么虚幻。

　　下面笔者想分享一个故事。20 世纪 50 年代初，一个厦门年轻人，经过不懈努力终于考上了当时的浙江医学院，年轻帅气的他在学校刻苦努力，才气逼人，深受老师的喜爱，而其中的一位年轻漂亮的混血女老师渐渐对他产生了情愫。在一个冬天的早晨，女老师递给这位男学生一个盒子，里面是一件蓝色毛衣，从此两个人惺惺相惜，互生爱怜。女老师喜欢杭州西湖，两人便不时相约漫步西湖，在多情温婉的西子湖畔留下了二人最美的回忆。

这个男学生叫袁迪宝，女老师叫李丹妮，两人当时仅相差一岁，才子佳人，情定西子湖畔，以为会是永恒。连袁迪宝都沉浸其中，几乎忘记了自己是一个已婚的人，家中已有妻子。当袁迪宝鼓起勇气告诉丹妮这一切时，丹妮选择了离开，她返回了法国，而这一分别就是半个世纪之久。直到 2021 年，在袁迪宝妻子去世十多年以后，在儿孙们的帮助下，袁迪宝才和李丹妮重新团聚，而此期间，丹妮一直未婚。2021 年 9 月 21 日，古稀之年的袁迪宝和李丹妮在厦门市民政局办理了结婚手续，这份持续半个多世纪的爱情终于从天上降落到人间。

爱情在天上，而婚姻却在人间。无论何种爱情，最完美的归宿便是婚姻，因为只有婚姻才能让爱情从天上落到人间，才能让两个人真实地相伴在一起。从爱情走到婚姻已是不易，而婚姻却不是牢不可破的，因为人们不仅发明了"结婚"，还创造了其衍生物"离婚"。人们因为有了爱情而走向婚姻，也因为爱情的消失而选择了离婚。这个过程当中，包含了所有的酸甜苦辣，甚至生离死别，所以人们常说，经历了一次失败的婚姻，就仿佛自己重新又活了一回。可是婚姻真的那么可怕吗？难道所有的爱情都会在婚姻中灭亡？答案当然是否定的，借用一句话：幸福的婚姻都是一样的，而不幸的婚姻却各有各的不幸。

先说什么是幸福的婚姻。我们不用举例那些名人名家的婚姻，其实幸福的婚姻无处不在。我的项目经理，如今五十八岁了，个子不高，大腹便便，一个平凡的重庆男人，当然他的老婆也是一个平凡的重庆女人。经理当年是农村出来的，很穷，家里姊妹又多。幸而通过自己的努力，搭上恢复高考的顺风车，顺利考进了城里的学校读书，而后经过媒人介绍，认识了一位城里姑娘并结婚，这个城里姑娘就是他现在的老婆。

要说经理这个人，我们项目组没有一个人喜欢他，对他意见很大。虽然在工作上兢兢业业，也很有能力，但是却非常啰唆、抠门、迂腐，还有一点点虚伪。平时大家都看不惯他，只是出于项目整体和自身利益的考虑，尽量配合他的工作。可就是这样一个我们认为很难相处的人，他老婆却一直视如珍宝，且不说当年自己作为城里人下嫁给当时不仅一无所有还欠了一屁股外债的这个农村小伙子，至少从现在两人相濡以沫的生活中，便能感受到两人幸福的婚姻。

经理之前出过车祸，身体不太好，他老婆很早就选择退休专门照顾他的饮食起居，多少年来，无微不至，从无怨言。每天早上为他做好早饭，盛好了放到桌上，然后给他量血压、测血糖血脂。经理吃完早饭便走进办公室工作，他老婆把碗筷收拾洗干净了，马上给经理烧开水泡茶，同时把药分好放到他办公桌上，上午十点左右，经理的老婆会将热好的牛奶送到经理办公室，看着他喝完。每次吃饭，为了经理身体健康考虑，经理的老婆都会嘱咐甚至强迫他少吃点油腻辛辣的食物，多吃蔬菜多喝汤。晚上，经理的老婆会拉着他一起出去散步，加强锻炼……可就是这样，经理还整天嫌弃他老婆做的饭菜不好吃，热的牛奶不好喝，对她大呼小叫，颐指气使。而他老婆却从来都没有生气过，这么多年，两人甚至没有什么大的争吵，就这样你情我愿，甘之如饴。

我想经理的老婆不是不知道他的那些臭毛病，不是不知道有时候他有多让人讨厌，但是这些在婚姻面前又算得了什么呢，婚姻本身就是这样的，不是光有爱情就能解决所有的问题。两个人生活在一起，有很多生活习惯甚至思考方式的不同，是需要包容，需要经营的。因为彼此清楚，世界上没有完美的人，只要不是原则上的问题，只要两个人还相爱，这份婚姻就值得珍惜，值得付出，除非你确定接下来会找到一个比现在的他更好更完美的。而经理虽然不太会浪漫，但是心里却一直记挂着他老婆，有什么好吃的都不忘带一份回家给老婆，老婆生气不高兴时，他也会认错，尽量逗她开心。这就是幸福的婚姻，即使彼此身上有那么多的缺点，那么不完美，但是只要还有爱情，好好经营，就会拥有简单的幸福。

再说说什么是不幸福的婚姻。还是举身边的例子，我爸和我妈。我爸和我妈都是农村人，当初郎才女貌，自由恋爱，难舍难分，没有受到很大阻碍，顺利结为夫妻。在领结婚证时，相互许诺给对方一个美好的未来，一份真挚的感情，一个幸福的家庭。

可婚姻没有成为他们爱情的天堂，反而成为了坟墓。婚后，我爸大男子主义，不做饭不洗衣不做任何家务，我妈一开始不会，但是也学着做，只是时间久了，心里已经开始埋怨了。后来我出生了，家里境况更不好，什么都需要我妈操持，而我爸为了自己心中的梦想，一心在家搞农业，可是全部血本无归。

愿有岁月可回首 且以深情共余生

贫贱夫妻百事哀，家里面开始了争吵，开始挑剔对方的缺点，数落对方的不是，两人互不相让，甚至大打出手，其实为的也仅仅是一些琐事。为了生存，我爸我妈轮流外出打工，只留一个人在家照顾我，可长久的分居两地，让彼此产生了怀疑，让感情出现了裂缝，从此互相折磨，恶性循环，渐行渐远。

这就是不幸福的婚姻，我肯定爸妈曾经彼此深爱过，曾经海誓山盟，海枯石烂。可这些都是爱情，不是婚姻，婚姻也是一份事业，是需要经营的，而很明显，爸妈把这份共同的事业做得一塌糊涂。两个人相爱时，对方的一切都是美好的，所有都是优点，即使有缺点，也无关紧要，心中的他（她）就是完美的。

可事实上，婚后两个人要朝夕相处，当对方的缺点逐渐显露时，当两人意见出现分歧时，自己在心中为他（她）勾勒的完美形象就轰然倒塌了，然后就是试图改变对方，让对方继续向着自己设定的完美形象靠拢。而这些恰恰不是对方想要的，当你发现别人的缺点并要求别人为你改变时，别人也是同样的想法，因此矛盾就产生了，大家互不相让，没有包容和理解，曾经的那份爱情在这个过程中消磨殆尽，从此彼此渐行渐远。

婚姻是爱情的升华，它可以是天堂，也可以是坟墓，关键你是否端正了态度。爱情是美好的，但并不意味着十全十美，不要试图寻找一个完美的另一半，如果你爱他（她），请爱他（她）的全部，他（她）的过去、现在和未来，他（她）的优点和缺点。不要抱着侥幸心理，以为婚后他（她）会改变，更不要要求你的另一半为了你而变为你想要的那个人。

没有希望就不会失望，你爱的不是你想象中的他（她），不是你勾画的完美无缺的白雪公主或者白马王子，而是现实中的他（她），他（她）会有很多缺点，会跟你意见不合，会跟你争吵惹你生气，如果你不确定你是否能接纳他（她）的所有缺点以及他（她）未来可能的所有样子，那么请放开他（她），以免以后相互折磨，彼此痛苦。

天上的爱情，人间的婚姻，其实可以是一回事，关键在于两人是否站在了对方的立场换位思考问题，多一些理解与包容，用心经营，且行且珍惜，爱情与婚姻就能完美融合。

最后，还是借一句话结尾：幸福的婚姻不是不吵架，而是无论怎么吵都能不离不弃，始终在一起。因为彼此珍惜。

愿有岁月可回首 且以深情共余生

你好说话，我也就好说话

前几天去参加了几次文友聚会，接着下了几天阴雨，来回奔波，车身上有些泥土，回来车停路边树下，又添了一些鸟屎，实在看不过去了，这就不得不去洗车了。

之前有汽车美容店在小区门口做活动发单子，因为比平时便宜很多，主要是门店引流用，当时就办了张洗车卡，平时洗车少，扔在车里没管它。想来现在终于能派上用场了，于是就开车过去店里准备洗车，不巧的是，店里这两天正在装修升级，洗不了车。我拿出卡瞄了一眼，这卡有时间限制，正好这天是用卡期限的最后一天，也就是说过了这天这卡就到期失效了。

店员接过卡也看了下时间，还真是如此。我这人平时很随意，也不太计较在意这些，心想洗不了就算了吧，这么长时间我自己不来洗，也有我自己的原因。于是我随口说，这卡今天就到期了，超过期限就不能洗了吧。其实我已经做好重新办张新卡的准备了，但这个店员回答我说："没事，你好说话，我也就好说话，你下次过来，我还认你这张卡，再

第三辑·余笙闲话

给你洗一次。"

　　我没有料到他能这样答复我。紧接着他又说："你也知道我们这个卡纯粹就是引流用，这么便宜的洗车价格，人工费都不够，原则上卡到期了就不能洗了，但总有些人，明明卡到期很久了，还跑来要洗车，而且态度很差，甚至大吵大闹！像这种不好好说话的人，我们坚决按照原则办事，就不给他洗车！"我说："还有这种人？"店员说："不仅有，还不少，卡过期很久了还来，不给他洗，他还开车来堵门，不让其他车友洗！"

　　我苦笑了下，这世上真有这种无理取闹，如此爱贪小便宜的人。但最让我触动的还是店员的那句话：你好说话，我也就好说话。是啊，社会是无数的人组成的，人与人之间难免会发生摩擦，产生误会。有的人能积极阳光地去对待，而有的人则心生狭隘，恶意中伤，唯恐天下不乱。有很多事，是可以大事化小、小事化了的，无非就是好好说话就能解决，但总有些人，觉得任何事理所应当，以自己为中心，不按规矩办事，甚至无理取闹，最终酿成大错，得不偿失。

　　前几天一个编辑同事订了外卖，超时半个小时才来，而且商家态度也不好。同事出去拿外卖的时候就和外卖小哥吵了起来。直到我把她劝回办公室。

　　"气死我了，气死我了！我一定要给他差评，我人生中第一个差评就送给他，气死我了。"回来后，同事还在不停吐槽。说实话，这事完全可以避免，只要对方能够好好说一声"对不起"，其实同事也就大概率不会生这么大的气了。

　　只要态度好一点，有礼貌一点，为别人多着想一点，就会看到完全不同的结果。我知道有这么一类人，因为平时不敢怼领导、老板，于是喜欢对毫不相干的人发脾气，以此来达到一种莫名的平衡，找回生活中失去的优越。然而发泄时很爽，觉得自己倍儿有面儿，但发泄完了，事情就解决了吗？大多数时候并没有。

中国现代语言学奠基人王力老师曾经说过："说话是最容易的事，也是最难的事。最容易，因为三岁小孩也会说话；最难，因为最擅长辞令的外交家也会有说错话的时候。"

有些人习惯性地反驳对方，以此获得一定的自我满足。把别人说到哑口无言，当时觉得自己还挺厉害的。但回过头来想，一个伶牙尖嘴、尖酸刻薄的形象，并不被人喜欢。

在相处和社交中，能够"好好说话"真的是一种能力和美德。最可怕的是，明明是在戳别人的缺点和痛点，却以真性情当作借口，这不是"直率"，这是"恶毒"。所以，一定要跟身边爱你的、你爱的人好好说话，不要让你的语言化作匕首，刺向他们对你敞开的最柔软的心房。

面对陌生人，更是要好好说话，毕竟，不知道什么时候，你的心平气和，就能温暖到别人。逞一时口舌之快不是勇敢，言辞温和也不是懦弱。相比硬碰硬，温柔的力量，有时候会更强大。

你好说话，我也就好说话，其实还有另一层意思，就是不要得理不饶人。我拿着洗车卡在有效期内来洗车，是商家自身店面升级无法提供服务，按理来讲，我硬要求他想办法给我洗，也说得过去。又或者，无论什么原因，卡确实过期了，商家以卡过期了为由不提供服务，也没毛病。但这里面缺少了一种人情味，缺少了相互为对方考虑的大智慧。很多事不能以单纯的谁占理谁就说了算，或者谁占理谁就可以肆无忌惮来衡量对错。

引用一个故事：曾有一位高僧受邀参加素宴，席间，发现在满桌精致的素食中，有一盘菜里竟然有一块猪肉，高僧的随从徒弟故意用筷子把肉翻出来，打算让主人看到，没想到高僧却立刻用自己的筷子把肉掩盖起来。一会儿，徒弟又把猪肉翻出来，高僧再度把肉遮盖起来，并在徒弟的耳畔轻声说："如果你再把肉翻出来，我就把它吃掉。"徒弟听到后再也不敢把肉翻出来。

宴后高僧辞别了主人。归途中，徒弟不解地问："师傅，刚才那厨子明明知道我们不吃荤的，为什么把猪肉放到素菜中？徒弟只是要让主人知道，处罚处罚他。"高僧说："每个人都会犯错误，无论是有心还是无心。如果让主人看到了菜中的猪肉，盛怒之下他很有可能当众处罚厨师，甚至会把厨师辞退，这不是我愿意看见的，所以我宁愿把肉吃下去。"

得理不饶人，其实是一种低情商。待人处世固然要"得理"，但绝对不可以"不饶人"。留一点余地给得罪你的人，不但不会吃亏，反而还会有意想不到的惊喜和感动。

《诫子弟》中六尺巷的典故，大家应该不陌生。清康熙年间，礼部尚书张英的家人与邻居因三尺房基地起了争执，仗着自己占理，就写信给张英想让他严惩邻居，张英回信道：千里修书只为墙，让他三尺又何妨。万里长城今犹在，不见当年秦始皇。家人收到回信后羞愧不已，马上退让三尺，邻居随后亦退让三尺，就形成了有名的六尺巷。

如今我们身处快节奏的时代，每个人都被各种压力压得喘不过气，身上难免会产生戾气，说话难听，或者控制不住自己情绪，甚至瞬间崩溃。但可能稍微平复下心情，好好说句话，所有问题就能迎刃而解。所以，洗车店小伙算是给我上了一课，让我能及时参悟好好说话的妙处，与各位共勉！

我不是喜欢酒，只是戒不了朋友

"为人不喝酒，枉来世上走。"我爱酒，尤爱白酒，最爱四川的白酒，而这不仅仅是因为我是四川人，还与川酒所蕴含的深厚历史底蕴、丰富的饮酒文化息息相关。

《华阳国志》中写道："川崖惟平，其稼多黍。旨酒嘉谷，可以养父。野惟阜丘，彼稷多有，嘉谷旨酒，可以养母。"这是一首古老的巴蜀俗谣，为四言诗，创作时期大概与《诗经》相先后。由此可见，远在巴蜀时期以酒为载体的诗词文化现象就已经出现。再到汉代著名的辞赋家司马相如为泸州老窖留下了"蜀南有醪兮，香溢四宇，促我幽思兮，落笔成赋"的佳句。唐代的诗仙李白有称颂川酒的名句"遥看汉水鸭头绿，恰似葡萄初酦醅"，以及杜甫、苏东坡、辛弃疾、陆游等都对川酒赞许有加，以酒为媒，饮酒抒怀，都创作出了诸多与川酒相关的脍炙人口的诗词篇章！

我什么时候开始与川酒结缘，怕是记不清了，走过大江南北，出入各类场合，品尝过各类美酒，但还是钟情于四川的浓香型白酒。有人说，酱香型白酒才是王者，喝起来有品，送人也有面儿。但酒这个东西，真是各花入各眼，萝卜白菜，各有所爱。这就跟我们搞文学创作的文无第一，是一个道理。

有一段时间，我对川酒到了痴迷的程度，只要到一个新的地方，无论是出差还是旅行，第一件事就是钻进附近的小卖部或者烟酒店，去货架上淘酒，越是老旧的店，越可能有惊喜。但凡能找到一两瓶上了年份的川酒老酒，都够我开心好几天。

有些酒厂我也是经常光顾的，比如成都金堂梨花沟的大地魂酒业。之所以经常到这家酒厂，有两个原因。一是酒厂董事长王洪，他是第十一代种酒文化非遗传承人，也是一个非常支持文学事业的优秀企业家，十分具有人格魅力。王洪平时爱写一些文章，不仅重视自家企业文化的打造，而且经常自掏腰包支持民间文学事业发展，好多文学盛会都是在他们酒厂的酒香山寨举行的，餐饮用酒都是他免费赞助。二是大地魂的种酒技艺，他们传承古老的酿酒工艺，以优质纯高粱为原料，采用纯天然山泉水，酿造出纯高粱酒，然后将其长期储藏于常年恒温20℃、四季保湿的藏酒洞内，再种在湿润的泥土之中，使得美酒在避光、保湿、恒温的条件下缔合、生长，吸取大地之精髓、凝聚大地之灵魂。大地魂酒业在每年的九月初九，即重阳节，均会举办种酒文化节，传承"房前种酒交朋结友，房后种酒世代富有。家有老酒幸福永久，年年种酒越种越有"的种酒文化，至今已成功举办了十三届。

我家里有个书房，因为自己爱好文学，也从事跟文学相关的工作，所以书房之前基本都是堆满了各种书籍，直到后来我爱上了川酒，书房里的书就不得不为川酒腾出些地方来。当我把一瓶瓶、一箱箱川酒抱回家，放进书房，将书架、柜子等塞得满满当当，甚至连脚都放不下的时候，夫人终于不乐意了。她呵斥我，要是再买酒的话，就让我到书房抱着酒睡觉！我大惊失色，虽书香与酒香都令我喜欢，但仔细一看，酒确实太多了，再买下去，也真的没多的地方可放了。自此，我就放慢了存酒的速度，转而开始加快喝酒的速度，隔三差五约三五好友一起品尝，经常喝到飘飘欲仙，虽然夫人也颇有微词，但她知我喝酒心中畅快，并无大碍，也就没再多说什么。

为什么要喝酒，因为喝的是心情，品的是生活。打开一瓶酒，慢慢倒上一杯，可小口慢嘬，可一饮而尽，三杯酒下肚，或欢乐，或忧愁，或豪情，或困惑，都在酒中消解。白酒浓烈但又芬芳，适合深沉却又细腻的男人，可谓酒懂男人心，越喝越来劲，平日里不敢说的话，不敢承的情，都能在酒桌上自然呈现，让身心得到释放。

为什么要喝酒，因为酒是灵感，是媒介。古代的英雄帝王，抑或是诗人词人，很少有不爱酒的。曹操煮酒论英雄，刘邦赶赴鸿门宴，赵匡胤杯酒释兵权，都有酒的身影。中国的文学史，也是因为有了酒，才开始百花齐放——陶渊明《饮酒》诗二十首，李白"斗酒诗百篇"，苏东坡"把酒问青天"，都说明了一件事：酒是灵感的源泉，是社交的媒介。

为什么要喝酒，因为戒不了朋友。在四川有一句顺口溜，"握三次手，不如喝三杯酒，喝了三杯酒，一辈子是朋友！"有时候，朋友之间的快乐很简单，一只烧鸭，两瓶小酒，三五好友，席地而坐，酒瓶传递，你一口我一口，没有世俗的打扰，没有工作的烦恼和生活的压力，聊着过去的种种，那些年的放荡不羁，鲜衣怒马少年时，情到深处，可以肆意地欢笑痛哭，可以端着酒瓶在草地上疯狂奔跑，那种感觉只有久违的朋友能相互理解。

我这人喜欢结交朋友，隔三岔五就会参加酒局。曾经有一次，我去参加一次朋友聚会，在餐桌上敬酒不慎将酒洒在了朋友请来招待的客人的一件文玩上，导致变色。朋友的客人并没有生气，反而笑着说："这只是个手把件，不要紧。"事后，我为了表达歉意，送了一瓶我珍藏的老酒作为赔礼。几年后，我在一次商业谈判中遇到麻烦，正当犯愁时，却发现对方的老总就是当年朋友招待的那位客人，他笑着告诉我，当年我送他的那瓶酒还在家里放着呢，于是我们心照不宣地相约将那瓶酒喝完，我的麻烦也迎刃而解。有时候就是这样，即使是一面之缘，只要一起喝过酒，那就是朋友，情谊就开始绵延。

古人云："性相近，习相远。"童年时代的娃娃们，除了有好伙伴，是分不出什么很明显的朋友差异的。随着年岁的增长，环境知识的改变，社会化小圈子才慢慢相聚而成。对于能喝善饮的人来说，"将进酒，杯莫停"确实是一种朋友之间生命豪情的演绎。

"沉舟侧畔千帆过，病树前头万木春。今日听君歌一曲，暂凭杯酒长精神"，川酒于我，如知音，似挚友，胜良药，是希望。如今无论走到哪里，我都习惯背上一壶川酒，就为了能随时与朋友们把酒言欢，因为，我不是喜欢酒，只是戒不了朋友！

与孤独同行，做生命的强者

生查子·独游雨岩

［宋］辛弃疾

溪边照影行，天在清溪底。

天上有行云，人在行云里。

高歌谁和余，空谷清音起。

非鬼亦非仙，一曲桃花水。

孤独，是生命的一种状态，是灵魂的自我放逐。孤独，是天上有行云，人在行云里的怡然；孤独，是高歌谁和余，空谷清音起的怅惋。

说到宋代诗词大家，辛弃疾绝对是一个不容忽视的存在，无论是诗词数量与质量，还是个人魅力与精神，都是值得称颂的。他被誉为人中之杰，词中之龙，于国家，他冲锋陷阵，是一悍将；于文坛，他浮白载笔，为一才子。他一生爱国，将满腔激情融于笔锋之下，是南宋豪放派的代表人物，与苏轼合称"苏辛"，与李清照并称"济南二安"。

辛弃疾一生都在为拱卫宋朝、抗击金国而奋斗，曾任江西安抚使、福建安抚使等职。但由于与主政的主和派政见不合，后被弹劾落职，退隐山居。开禧北伐前后，又被起用为绍兴知府、镇江知府、枢密都承旨等职。开禧三年（1207年），辛弃疾病逝，年六十八。后赠少师，谥号"忠敏"。他创作的诗词一般都豪放大气，充满爱国情怀，但是又饱含怀才不遇的惆怅以及对国家兴亡、民族命运的关切与忧虑，跟陆游的词作内容有相似之处。

这首《生查子·独游雨岩》便是辛弃疾削职闲居、退居带湖期间所作，是他众多作品中，不那么"豪放"，甚至可以说比较"收敛"的一首词，整首词都透露着孤独和怅惋的气息。词人被当朝主和派弹劾，削职赋闲在家，满腔抱负无法施展，整日郁郁不得志，但也没有完全放弃。有一天他独自出门散心游雨岩，山中小溪的水清澈见底，词人在溪边行走，影子在溪水中移动，头顶的青天白云也倒映在溪水里，故而词人就像在云里行走。此情此景，词人不禁引吭高歌，却发现无人能和，只有空旷的山谷中溪水潺潺流淌的声音，仿佛在回应着。

整首词虽只有题目中有一个"独"字，但实际上无不围绕"孤独"展开，从形独到身独，再到心独，寄情于景，由景入情，表达了辛弃疾有志难伸的苦闷和寂寞，也反映了他对时局的不满和对国事的关心。他热爱大自然的风光，又不忘怀于世事，正表现了他退居时期的内心矛盾，并没有因自然风光的优美而陶醉、而颓废，而是时刻准备着，期待有朝一日能再次征伐沙场，为国效力！

伟大的人都是孤独的，享受孤独本身也是一种能力。孤独是一种人生的常态。没有谁能够一直理解别人，或者一直被别人理解。身处孤独中，每个人都会有自己选择的权利，是被孤独反噬一直沉沦，还是享受孤独，耐心沉淀寻找新的方向，向前进或者向后退，全凭自己。

辛弃疾从没放弃过他的梦想：抗金复国，血洗国耻！这是他一生的梦想，更是他一生为之奋斗的事业。哪怕是因政见不合，被弹劾贬黜，闲居乡里，都不曾颓废。虽身处孤独，形单影只，无人了解，但仍然"醉里挑灯看剑，梦回吹角连营"，仍提出"生子当如孙仲谋"的向上口号！

辛弃疾如是，陆游、苏轼也一样。历经人生坎坷和命运波折的古人尚且如此，身处百年未有之大变局的我们，更应该穷且益坚，不坠青云之志，将人生的格局放大。入世轰轰烈烈，拼尽全力，即使失败也无愧于心，好与坏都是人生的宝贵经历；出世也拿得起放得下，闲云野鹤，大漠孤烟，又何尝不能体会生命的真谛。有时候，真不必整日纠结于莺莺燕燕的小我世界，走出去，你会发现，值得你关注的事物很多，也很美好。

身边曾有一个朋友，上学的时候成绩很差，尝试努力过，也就是那样子。他看过非常多的鸡汤励志的书，尝试过各种方法，可是收效甚微，直至毕业后就失业，将自己完全封闭起来，过上了独居生活。有那么一段时间，他整日抽烟喝酒，暴饮暴食，颓废至极，仿佛生命中全是黑暗，没有一丝阳光。

后来我劝他出去散散心，不带任何目的，也不设置任何目的地，走到哪里算哪里。几个月后，当我再见到他时，他还是一个人，独来独往，但隐隐约约地能感觉到，他不一样了，坦然了，自信了。后来他对我说，其实当自己走出去，看到不一样的世界，并决心改变的时候，就已经不需要太多的励志哲言。你需要的，就是把自己在生活上的一切不平等的境遇，用无声而巨大的智慧的力量消解，以孤独者的姿态，投身到真正的用功上去。剩下的，交给时间即可。

生命的强者，从不屈服于孤独带来的负面影响，而是尽量掌控孤独，享受孤独，与孤独同行。纵使自己永远无法抵挡黑暗的到来，自己也要在黑夜中怀揣着光明的信仰。在孤独中重拾勇敢，在麻木中等待坚强。

在美国西部的奥克斯福镇，每当参观者到来，人们总会骄傲地说，福克纳是 20 世纪美国最伟大的作家，但很少有人知道，他当年是怎么与孤独同行，并战胜孤独的。作为一名邮递员，福克纳曾因不断拆看和丢弃别人的信件而被开除，后又因为一直幻想当将军和冒充受伤的英雄被揭穿受到人们的耻笑。在人们异样的眼光中，不甘平庸的他从镇上消失了，他要去独自寻梦。当作家，揭示社会现象，警醒世人，就是他心中的梦想，这个梦想像黑夜里悬挂在他独行道路上的一盏明灯，那盏灯，散发出耀眼的光芒，照亮他的人生，把他引向了一条宽阔的大道……

很难想象，在密林深处的小屋里，福克纳常年与老树昏鸦为伍，与日月星辰为伴，独自创作，常常几天几夜不眠不休，废寝忘食。他是孤独的，但正是这种孤独，让他能够远离外界的纷扰，潜心创作。最终，他完成的小说《圣殿》风靡美国，之后他还创作了大量反映南美黑人、白人和印第安人生活的小说，他的作品直到现在仍被西方文坛视为经典。

我国西汉史学家司马迁，当年因为看不惯朝堂之上有人恶意构陷战败的李陵而仗义执言，结果被口诛笔伐，诬陷犯了欺君之罪，被判死刑。要想免死，要么接受巨额罚款，要么受腐刑。向来清廉的司马迁家中无钱，交不上罚款，只能选择受腐刑，但要知道，腐刑对于任何人而言简直就是奇耻大辱，很多人宁愿选择一死，也不愿接受。但想到父亲的嘱托，想到还未完成的《史记》，司马迁接受了。

> 古者富贵而名摩灭，不可胜记，唯倜傥非常之人称焉。
>
> 盖文王拘而演《周易》；仲尼厄而作《春秋》；屈原放逐，乃赋《离骚》；左丘失明，厥有《国语》；孙子膑脚，《兵法》修列；不韦迁蜀，世传《吕览》；韩非囚秦，《说难》《孤愤》；《诗》三百篇，大底圣贤发愤之所为作也。

这是司马迁在《报任安书》中写下的话，也是他坚持下来的理由。跟美国的福克纳一样，司马迁在完成《史记》的过程中，身心遭受着巨大的煎熬，屋外寒风瑟瑟，室内青灯一盏，独自一人，呕心沥血，隐忍坚持……公元前 91 年，即将走到生命终点的司马迁，终将《史记》全书完成，用一生成就了"史家之绝唱，无韵之离骚"。成书后不久，司马迁也于公元前 90 年去世，终年五十五岁。

福克纳也好，司马迁也罢，可能对他们来说，孤独，并不是天堂到地狱的旅程，也不是自由与禁锢的角斗，而是这浮沉世间中难得的享受。又如席慕蓉所说：在这人世间，有些路是非要单独一个人去面对，单独一个人去跋涉的，路再长、再远，夜再黑、再暗，也得独自默默地走下去。

纵观古今中外，凡成大事者，必曾与孤独同行。孤独，是沧海桑田过后的豁然开朗，而不是心灰意冷；是跌宕起伏后的潮平岸阔，而不是消极避世。唯有学会与孤独同行，你才能步入人生的大境界，才能谱出生命的华彩乐章，才能做生命的强者！

释　放

　　今夜的海风仿佛格外凶猛，不停地在窗外嘶吼，对于我这样一个土生土长的西部山区人来讲，着实很少见到这样的场景。半夜无眠，遂起身独坐阳台，抬头是崭新而又清冷的月牙，偌大的夜空中只有星星点点，不知道哪一颗，会如我这般敏感而又困惑，思绪万千。

　　白天在海滩上度过了几乎一整个下午，原想趁着难得的假期出来享受一个日光浴，放松一下心情。但终究有些走神儿，才发现早已习惯了平时忙碌的日子，当下竟无法安然挣脱出来，心中仿似堆积着万千琐碎，终不得解，这种感觉甚是别扭。于是我便到椰林中走走，期待摇曳的椰影能驱散心中那一丝莫名的烦闷。

　　椰林小道中，无数的游客散落其中，他们来自五湖四海，天南地北，想必大概都跟我一样，想来这里给自己放个假。他们大多穿着清爽艳丽的衣服，在椰林中摆着各种造型拍照，不想放过任何一个美的瞬间，试图努力记录下一张张"到此一游"

的证明。而除开游客，我注意到给他们拍照的，竟有不少是戴着当地的那种帽子，几乎全身包裹严实的本地女性。她们或两两一组，或三五成群，手持单反相机，不停地搭讪游客招揽着生意，热情而又耐心。

不难看出都是有一定年纪的妇女，看着她们略显"土气"的衣装，手里却拿着专业的拍照设备，给打扮得最时髦的游客拍照，并熟练地指导着人们摆出各种 Pose，这个场景，乍一看不免有些违和。趁着她们休息的间隙，我好奇地走过去与她们攀谈。是的，如我所想，都是上了年纪的当地的阿姨，平时闲着也是闲着，当下正是旅游旺季，便出来挣些"快"钱。三亚本就是一座旅游城市，凭借得天独厚的温暖气候条件，一直吸引着四面八方的游客，天涯海角，慕名而来。

所谓靠山吃山靠海吃海，当地人以前大多出海打鱼、赶海，捕获海鲜售卖，以此为生。而如今，他们有了更多的选择，正如我今天聊的那几位阿姨，这些天旅游旺季，她们几乎是全家出动，阿姨在海滩或者椰林给人拍照，老公开车接送游客介绍酒店，她儿子带游客玩海上娱乐项目，女儿在海滩上卖铲子和水果……真可谓一条龙服务，而且每天收益不菲，比出海打鱼强太多了。

我问她们，现在挣钱多了，准备做些什么呢？阿姨们很自然地笑了笑：给孩子喽，小儿子明年要结婚，到时候还要给他买房子，女儿读书也需要钱，以后准备点嫁妆喽。还有孙子长大了也需要钱，得给他们存点喽。阿姨们的回答大抵如此，简单而又实际，平安喜乐足矣。我问她们，有没有其他计划，均无。虽然她们没有什么大梦想，但着实令我羡慕。平平淡淡一家人，脚踏实地，竟没有那么多的烦恼。

曾听过一句话：你如果有烦恼，就别吃得太饱，最好饿着。是啊，人也是动物，最基本的需求无非就是有口吃的。基本需求得到满足后，就开始有了更多的需求，接着生出许多无端的欲望，而很多欲望是当下甚至终其一生都无法得到满足的，进而生出诸多烦恼，苦不堪言。如果都如这群阿姨一般，简单纯朴，顺其自然，当下即未来，就少了无尽的烦恼，多了一些坦然和快乐。

道家有言"无为而无不为"，这不是什么都不做，什么都放弃，而是说按规律、按逻辑自然发展和变化，不去强求。想到这里，我不觉轻松了许多。

《新唐书·陆象先传》中说：世上本无事，庸人自扰之。余秋雨在《行者无疆》中也写道：有人把生命局促于互窥互监、互猜互损，有人把生命释放于大地长天、远山沧海。

很多时候我们需要与他人和解，与同事和解，与员工和解，与领导和解，与朋友和解，与家庭和解，与社会和解，与世界和解，最后与自己和解……

与其庸人自扰，徒增烦恼，不如一日三餐，只求吃饱。将自己的生命置于广阔的天地，放浪形骸于山水之间，享受它，珍惜它，至少，当下，你就是在拯救自己，同时也是一场修行。

· 第四辑 ·

余笙育儿

教育的所有方法和技巧，

只是帮助孩子成才的一部分。

除此之外，教育真正拼的是父母的功底，

是父母的处世态度和人生感悟。

一个成功孝顺的孩子，
是你后半生衣食无忧的根本

　　人的一生中，上天会给到每个人两次转运的机会，一次是婚姻，还有一次是孩子，如果拥有一个孝顺又成功的孩子，可以说后半生无论是物质上还是精神上，基本是有倚靠了！其实，每个孩子都是父母眼中的宝贝，是父母爱情的结晶，当孩子降临到家庭时，喜悦之情、幸福之感，绝对会萦绕在每个人的心中。

　　可是随着时间的推移，我们变得来也匆匆去也匆匆，常常以忙为理由而忽视了对孩子的教育，而孩子的教育时不可待，只要稍微有点忽略，孩子的成长变化会很明显。有些毛病一旦养成，会花费很多精力来改正，甚至根本无法纠正。

　　所以不管你在事业上有多成功，在工作中有多出色，挣了多少钱，有多少人围着你转，如果孩子的教育没跟上，在不久的将来，你肯定会后悔。

　　虽然不需要我们舍弃所有东西，一门心思扑在孩子身上，让孩子占据我们所有的时间，但是也绝对不能拿事业繁忙为借口敷衍对孩子的教育和陪伴，请记住，生下他就得对他负责任！

著名的投资家黄晶生说：幸福的本质其实就是一种感觉，一种什么感觉呢？

幸福是一种追求快乐而又有意义的感觉。

每一个孩子出生时都是一张白纸，你想在这张白纸上画出怎样的图案，完全取决于你对他的教育和影响，孩子年幼时具有极强的可塑性。他们正如一汪清泉，清澈透明，活泼欢快，而又无拘无束，但是一旦被导向某一方向，就能转变它的流向。同样两个孩子，哪怕是相同的父母，相同的物质生活水平，后来为什么有的人有所作为，而有的人却身陷囹圄，在这里起决定作用的是教育。

人之初性本善，人在出生时都一样，之所以后来变得不一样，主要是因为在后天受到的教育方式不同。幼年时期所经历和遭受的境遇，必将在意识中留下印象，哪怕是微不足道的，都会在未来漫长的一生中发挥重要的影响。

任何一个人都没有选择出生的权利，父母使他们来到这个世界，来到一个他们自己无法选择的家庭，很多的东西他们无法提前做选择。但是他可以选择将来能成为什么样的人，而这在很大程度上取决于孩子的父母是何种层次的人，取决于孩子在早期成长过程中受到何种层次的家庭教育。

在美国有一个安德鲁家族，是真正的书香门第。老安德鲁是个博学多才的物理学家，为人严谨勤勉。他的子孙中有八位大学校长，五十多位教授，三十多位文学家，四十多位医生，两人当过大使，十多人当过议员。

同样在美国的另一个托马斯家族，与之相比则大相径庭。

老托马斯是远近闻名的酒鬼和赌徒，浑浑噩噩，无所事事。这个家族至今已传下六代，其子孙后代中有两百多人当过乞丐和流浪汉，三百多人酗酒致残或死亡，四十多人犯过诈骗或盗窃罪，五个杀人犯，整个家族没有一个人有出息。或许这个例子不能代表全部，但是至少值得我们参考并深思。

有其父必有其子，孩子是父母的影子。为了培养孩子的品德和素养，父母一定要处处留意自己的行为，时刻做孩子的榜样。

有个观点毋庸置疑：孩子好的行为、坏的行为都是父母教育影响的结果。

如果母亲爱打扮，其女儿也必然是爱打扮的。若母亲是多舌的，女儿也不例外。同样父亲好喝酒，儿子也会喝酒；父亲说脏话、粗话，则孩子也是如此。这已成为家庭教育的定律。

作为父母，我们可以在适当的时候尝试跟孩子平等地沟通，跟他们讲道理，但是也要适可而止，否则一味地讲道理只会适得其反。更重要更有效的办法是用实际行动去影响他们，给他们做好榜样。让他们在实践中感知那些道理，这样他们才能真正地理解，并运用到自己的一言一行中。

老人们常说：孩子的心是块神奇而又奇怪的土地。播上思想的种子就会获得行为的收获；播上行为的种子就会获得习惯的收获；播上习惯的种子，就会获得品德的收获；播上品德的种子，就会获得命运的收获。

孩子，是父母的结晶，没有父母也就没有他们，但他们也是独立的个体，我们要给予他们足够的尊重。己所不欲，勿施于人。对孩子同样如此。

希望孩子坐立有行，自己就不该跷着二郎腿、不停地抖腿；希望孩子有礼有节，自己就不该野蛮粗鄙；希望孩子出类拔萃，自己就应该努力再努力，让孩子看到你比他更努力并且最终变得很优秀。

父母就是一面镜子，什么样的父母，照出来的就是什么样的孩子。

《后会无期》中苏米说：懂得了很多道理，却依然过不好这一生。为什么呢？因为光听道理没用，光讲道理也没用。尤其对于孩子来说，道理讲得太多，无异于画蛇添足！那什么才有用？行动。只有实实在在去做，做给孩子看，才会让孩子真正懂得并认同，然后跟随着去做。

作为父母，无须太过苛求孩子该如何成长或者成为什么样的人。而只须做好自己，成为榜样，当一面无比光亮美好的镜子，孩子自然能从中找到自己该有的样子。请记住：给孩子食物只会让孩子长大成人，给孩子观念会让孩子成为伟人。

当你初为人父的时候，或许你还年轻，你需要处理很多很多事，但千万不要借口工作忙而忽略对孩子的教育。因为当你老的时候，一切荣华富贵都是过眼烟云，而一个不成器的孩子，足以让你晚景惨淡。但是一个成功孝顺的孩子，足可以让你生活无忧。

有效陪伴才是对孩子最好的教育

因为工作的原因，接触了很多宝妈宝爸和萌娃，发现有的孩子怎么看都"顺眼"，既听话又聪明，讲文明懂礼貌，行为端正；而有的孩子，总是那么不省心，叛逆暴躁，油盐不进，坐立不安。后来，笔者选取了一些比较具有代表性的孩子，跟他们的父母进行了深入的沟通交流，而这次，调研的重点是他们怎么陪伴孩子的。在分析了数十位父母的沟通记录之后，笔者似乎发现了一些端倪。

父母同样是早出晚归，每天陪伴孩子的时间都很有限，无非就是早上和晚上那点时间，表面上看好像没什么区别，但实际上，这里面存在有效陪伴和无效陪伴两种，在短暂有限的时间里，父母们怎么有质量地陪伴孩子，这才是关键。

从调查数据中，我们不难看出，虽然绝大多数父母都认可"陪伴才是最好的教育"这个观点，但是因为工作等原因，父母们每天陪伴孩子的时间是有限的，比如工作日平均陪伴时间是 3.7 个小时，而周末陪伴时间看起来似乎很长，但其中大部分时间，父母都在自顾自地看电视、玩手机和做一些其他无关的事情，这些都是无效陪伴，这样的陪伴是没有质量的。

通过跟很多父母的沟通交流，经过总结，笔者发现只要利用好早晚半小时，高质量有效陪伴孩子，就足以让你的孩子养成良好的行为习惯，使你的孩子变得比同龄人优秀一大截，尤其是两岁到六岁的孩子。具体怎么做呢？

早上半小时，我们需要陪孩子做以下几件事：

早一点起床，跟孩子说早安。

父母早上一般都是定好时间起床，然后匆忙洗漱吃早餐，收拾完就准备出门，而这个时候，孩子可能还没醒，父母觉得不必打扰孩子，有的孩子是跟老人在另外一个房间睡觉的，父母甚至不会去看一眼孩子，直接就出门了。这都是不可取的。

父母应该做的是早一点起床，然后跟孩子说早安，这样做是基于两点：

首先，为了确保第二天能早一点起床，那么头天晚上，你就不会熬夜看手机、看电视或者做其他无聊的事情，早睡早起是最基本也是最健康的作息习惯，如果父母能做到早睡，那么孩子就不会跟着你一起晚睡，能够帮助孩子养成正确的作息习惯，利于孩子健康成长。

其次，不论孩子是在哪个房间、跟谁一起睡觉，早上摸摸他的头叫醒他，轻轻跟他说一声"宝贝儿，早上好！"让孩子每一天醒来睁眼看到的第一个人就是微笑的你，他就会感受到你对他的爱，感受到这个世界充满爱，每天一句早安问候，有时候甚至胜过千言万语。孩子才知道你是在乎他的，并且也会让他的心中因此充满爱和安全感。

询问孩子今天想穿什么、吃什么……

在孩子穿什么、吃什么方面，很多父母都是一手包办，孩子有时候是被迫接受，这样并不利于孩子的成长。

"宝贝儿，你今天想穿什么颜色的衣服和裤子啊，蓝色还是黄色？""宝贝儿，你今天想吃什么啊，馒头还是面包？喝豆浆还是牛奶呢？"我们要学会尊重孩子，征求他们的意见，让他们学会自己做选择，哪怕只是简单的穿衣吃饭，从小培养他们独立思考、解决问题的习惯和能力。

告诉孩子你今天的安排。

无论是在家，还是在送孩子去上学的路上，请一定要告诉孩子你今天的安排。你可以说"宝贝儿，妈妈要去上班了哦，你今天要去学校，然后在学校要乖乖听话，妈妈下班了就来接你，到时候给你带礼物"，这样他就会知道，妈妈今天是要去上班的，自己是要去学校的，大家都有各自的事情要做，让他有个心理准备；同时，妈妈给了孩子期待，就是下班了会给孩子带礼物，但前提是孩子在学校里要乖乖听话。这样，孩子就会基于这个期待，在学校好好表现，因为这是他跟妈妈的约定。

询问孩子今天想做什么。

妈妈可以尝试询问孩子，"宝贝儿，你今天去学校想玩什么啊？你想跟谁一起玩啊？为什么啊？"这样孩子就会开始思考，今天他想要做什么，养成提前做计划的习惯，学会安排和计划自己的事情。同时，通过简单对话，妈妈也能了解孩子在学校的一些日常，做到心里有数。另外，也是锻炼孩子语言组织和表达能力的好机会。

跟孩子来个比赛。

送孩子上学路上，不妨跟孩子来个趣味比赛。比如比赛看谁跑得快、走得直，也可以比心算、唱歌等，笔者就经常跟儿子玩"数汉字"的游戏，就是上学路上，指定一个随意看到的广告牌，然后一边走一边数上面有多少个汉字，看谁数得又快又准。还有的家长跟孩子玩"暴走一二五"游戏，就是站在同一起点，然后喊开始，先走一步，然后跳两步，最后跑五步，看谁行进的速度最快。跟孩子在上学路上玩这些趣味比赛，不仅能锻炼身体，还有助于孩子整天充满活力。

每天早上花费半小时，坚持这样做，不仅能在不经意间锻炼孩子各方面的能力，培养他良好的生活行为习惯，更能让孩子感受到你对他的爱和关心，让你们成为彼此的好朋友，非常有利于亲子之间的沟通交流。

其实如果父母每天工作下班比较早，能够亲自接孩子放学的话，那么早上半小时做的事情同样可以举一反三，在下午孩子放学时，陪孩子做一遍，这样效果会更好。

而很多父母是没有时间去接孩子的，即使下班回到家，也还有很多工作和自己的事情要处理，那么，每天睡前的半小时就很关键。

睡前半小时，我们需要陪孩子做以下几件事：

早一点上床，跟孩子聊天。

睡前最好陪同孩子一起洗漱完毕，然后早一点上床，陪孩子聊天。聊什么呢？询问孩子在学校一天的情况，比如，今天在学校学了什么，吃了什么，有没有交到新朋友，学校今天有没有发生什么有趣的事等，一方面了解孩子在学校的学习生活情况，另一方面也可以有针对性地提出意见和建议，给他出主意，帮助孩子快速成长。经常这样聊天，孩子就会把你当成最好的朋友，以后什么事都愿意跟你说。

陪孩子学习。

从儿子一岁开始，我就每天晚上都会陪他看书学习。根据年龄层次选一些适合他的书，陪着他一起安安静静地学习。比如趣味英语、看图识字、三字经、唐诗宋词等，一定要陪着他，给他讲，给他读，教他学习书里面的内容。

经验告诉我，每晚虽然只有十分钟左右的时间陪他看书，但是孩子都学习得特别认真，书本里的内容他后来都掌握了，而且这是一个需要长期重复的动作，不一定每天都学习新的内容，重要的是要不断重复。比如，同一个内容重复几天后，你就可以鼓励孩子给你讲书里面的这个内容了，你可以说："宝贝儿，这本书妈妈都教你好几天了，妈妈今天有点累，你来给妈妈讲讲这本书，好不好？"

这样互动，既锻炼了孩子的学习能力、记忆能力、表达能力和专注力，也增近了彼此之间的亲子感情。

给孩子讲睡前故事。

有研究表明，父母在给孩子讲睡前故事的时候，孩子能够通过父母的声音来学习说话，并且进步也是非常惊人的。因为睡前故事能够促进孩子神经系统的发育，刺激孩子的语言能力发展模块，增强孩子的逻辑思维能力，同时也能够缓解孩子的压力。

另外，绝大多数的睡前故事都是正能量、积极向上的，通过丰富多彩的形式和内容，睡前故事能让孩子懂得很多道理，了解到很多常识。从而不经意间帮助孩子养成良好习惯，纠正孩子在成长中出现的问题，更好地帮助孩子健康成长。

晚上睡前半小时，在给孩子讲完睡前故事后，孩子一般就会安然睡去。这时候，父母完全可以继续完成自己手里的工作，或者做其他事情。既不耽误孩子睡觉，陪伴了孩子，又不耽误自己工作，做自己的事。何乐而不为呢？

有人说，"陪伴就是对孩子最好的教育"就是个伪命题，因为当今社会压力这么大，父母自己成天都在忙工作忙事业忙应酬，累得跟条狗似的，哪有时间和精力陪孩子啊！但是，每天早晚加起来总共只需要一个小时时间，再忙的人，总是能挤出来的吧。如果一天当中，你连二十四分之一的时间都不肯分给你的孩子，去陪伴他，那么，也就别指望你的孩子会理解你一百分的爱。

　　所以，不要给自己找任何借口，爱是要行动来证明的，早晚半小时，给孩子一个有质量的陪伴，是对他最好的教育。

老爸带娃也能带得很好

　　当我定这个主题时，很多妈妈已经忍不住私信我了，各种吐槽，义愤填膺，来势汹汹，我感觉她们都要站出来砍我了！都告诉我说："老爸带娃，娃活着就不错了！"

　　孩子聪明，是要从很多方面去综合考量评定的，父母是孩子最好的老师，孩子的一切多从父母身上习得，纵然妈妈身上有很多优秀品质值得孩子学习，但是爸爸自带的独有的一些特点，是能够对孩子产生很长远的影响的，而这些东西是很难从妈妈身上体现出来的。

　　爸爸带娃，孩子爱运动。

　　虽然运动不分男女，爸爸能做的运动基本上妈妈也能做，并且可能做得更好。但是现实中十个家庭，恐怕有九个家庭的妈妈们不会喜欢去做一些强度比较大比较刺激的运动，比如足球、篮球、攀岩、越野、跳伞、冲浪等，而这些恰恰是很多爸爸喜欢甚至擅长的。

所以，爸爸带出来的孩子，可以肆意畅快地在绿茵球场上挥汗如雨，可以在崎岖蜿蜒的山路上纵横驰骋，也可以在波涛汹涌的大海里扬帆远航，在浩渺无边的蓝天上自由翱翔！这些是很多妈妈无法代替爸爸去做到的。

《摔跤吧，爸爸！》这部电影，应该很多人都看过，但是很多人不知道的是，这部电影是以印度一位带出三个世界冠军的父亲为原型拍的。爸爸马哈维亚曾经是摔跤运动员，然后就带着四个女儿练习摔跤，最后其中三个孩子拿到世界冠军，这就是爸爸带给孩子的运动的力量。

孩子喜欢运动，不仅能强健自己的体魄，丰富自己的交友圈子，更能释放心中的烦闷和压抑，爱运动的孩子，身上随时都充满阳光活力，从运动中习得的拼搏精神，更是令孩子懂得什么是坚韧与付出、失败与成功。

爸爸带娃，孩子更自信大气。

相较于妈妈的面面俱到、小心翼翼和唠唠叨叨，爸爸通常比较"狠心"！孩子一点点小磕小碰小错误，爸爸经常是不以为然的，更不会去把孩子抱起来，不停地安慰或者批评孩子。孩子的玩具被别的小朋友抢走了哇哇大哭，爸爸也只是轻描淡写一句"男子汉，不哭了，爸爸重新再给你买一个！"

在大多数情况下，爸爸都会跟孩子说："小事小事，没什么，大不了我们从头再来！"这就是爸爸，他们不愿意为了一些鸡毛蒜皮的事浪费时间，更不会为了仨瓜俩枣而锱铢必较。爸爸们处理事情简、平、快，干净利落，从不拖泥带水。

孩子经常看到爸爸处理事情的风格，不自觉就会受到影响，养成独立自信、胸怀宽广、大气随和的良好品质。

爸爸带娃，孩子逻辑和抽象思维更强。

众所周知，恋爱和婚姻中的女性，经常感情用事。而大部分爸爸在逻辑和抽象思维能力上强过妈妈们太多。

遇到事情时，爸爸们可以把一件事情的前因后果理得很清楚，而妈妈们只在意事情结果和感受；出去玩时，大部分爸爸可以提前做好旅行中每一天的安排计划，哪里风景漂亮适合拍照就在哪里停留……

孩子上学后，爸爸们的逻辑和抽象思维能力更能得到充分体现，很多关于理工科类的题目，大部分爸爸比妈妈更擅长，更有助于辅导孩子学习，提升孩子的综合能力。

老爸带娃，孩子动手能力更强。

爸爸们天生就是机械"专家"，家里面玩具车坏了，找爸爸；电脑坏了，找爸爸；儿子想在院子里搭个秋千，找爸爸；女儿想要个粉粉的公主房，找爸爸……爸爸们一般不会像妈妈们一样唠叨，遇到事情，更喜欢用实际行动去解决，直接上手比唠叨一天更让爸爸们舒服。

经常看到爸爸鼓励孩子"拆家"，只要是爸爸带娃，那基本上家里小到玩具，大到各种家用电器都会被孩子拆一遍，然

愿有岁月可回首 且以深情共余生

后爸爸看着满地零件，还称赞孩子做得好，再陪孩子一起把零件组装起来，恢复原样。

苏联著名教育学家苏霍姆林斯基早就说过："儿童的智力在他的手指尖上。"在爸爸的影响下，动手能力强的孩子，可以获取更多的外部信息，这些信息能促使大脑积极活动，促进孩子的大脑发育，从而使孩子更加聪明。

英国著名文学家哈伯特说过："一个父亲胜过一百个校长。"在家庭里面，爸爸是儿子的第一个偶像，儿子长大后，身上都是爸爸的影子。爸爸也是女儿生命中接触的第一个男性形象，她对于男性的认知和期待都会源于爸爸，连美国儿童心理学博士陈鲁都说："父亲是对女儿最有影响力的男人。"

总结：不管是女儿还是儿子，爸爸在家庭中的角色是不可或缺，非常重要的。爸爸多抽时间带孩子，孩子就会更爱运动、更自信大气，逻辑和抽象思维能力以及动手能力也更强，这些综合到一起，就会让孩子变得更加聪明。

所以，妈妈们，不要再黑爸爸们了，多把孩子交给爸爸们带，他们会做得很好。而爸爸们，不要再以工作忙为借口，不要再整天看手机玩游戏了，因为你的孩子正在因为你的这些行为而失去变聪明的机会。为了孩子，爸爸们行动起来吧！

老人带娃不容易：
爷爷奶奶负责喂养，爸爸妈妈只管欣赏

先讲件小事：

Nancy 老师今天一到办公室就跟大家抱怨说，昨晚一整晚没睡好，大家都问她怎么回事。她带着满脸憔悴很无奈地说：

"别提了，昨晚隔壁家又干仗了，吵吵了一晚上，警察都叫来了，折腾一晚上，根本无法睡觉！"

看着她深深的黑眼圈，大家都投以同情的目光，遇上这么个邻居，也是醉了。每次 Nancy 老师睡眼蒙眬地来上班的话，那肯定是她隔壁又吵架了，整个办公室的人都知道 Nancy 住在一个"奇葩"的家庭隔壁，纷纷劝 Nancy 赶紧搬家。

其实 Nancy 老师隔壁家的情况，大家都有所耳闻，简单地

来说，就是中国大部分家庭都存在的普遍性问题：婆媳关系不融洽。再具体一点，尤其是在带孩子、教育孩子的问题上，因为意见不合产生了很深的矛盾，以至于他们家三天两头就要因为孩子的事干仗，难得安宁。

这其中，最大的受害者是孩子。但是最最伤心和无辜的人，其实是老人。

随着国家二胎政策的完全放开，很多适龄夫妻加入到了"二胎生娃大军"中，但是孩子生出来以后，总得有人照看有人带。也许在生二胎之前，小两口面对他们第一个爱情结晶的时候，有新鲜感，也有精力能硬撑着坚持自己带，但是在体会了其中艰辛不易之后，面对第二个爱情结晶，大概很多夫妻打死都不愿意也没有精力完完全全自己带了，毕竟第一个娃差不多就已经把两个人折磨得死去活来了。那怎么办呢？

中华文明上下五千多年，直到今天，婆媳关系也比较难相处。尽管如此，年轻夫妻有时候还是不得不同上一辈一起生活，然后上一辈就顺便帮忙照看孩子，尤其是现在二胎政策放开的情况下，年轻人加入了生娃大军的行列，而老年人就组成了带娃养娃跳广场舞的大部队。

但是老年人带娃所产生的问题，隔代教育所带来的弊端，老人带娃发生的种种意外，近年来被很多年轻夫妻乃至一些教育界的专家学者疯狂吐槽，带娃的老年人们一度被推上风口浪尖，甚至很多老年人因为忍受不了年轻人脸色和抱怨，不得不忍气吞声，放下自己辛辛苦苦带大的心爱的孙子，毅然选择自己回到老家独自居住生活，那份伤心、委屈、孤独和凄凉可想而知。

老人含辛茹苦地把自己的儿女拉扯大，尤其是在那个物质生活并不很富足的年代，那种艰辛与不易可想而知。现在好不容易儿女都长大了，结婚了，又盼来了第三代人，那份高兴与幸福感恨不得天天洋溢在自己满是岁月痕迹的脸上。

但是老人们很清楚，儿女有自己的家庭了，有自己的人生了，再加上自己年纪大了，身体也不行了，就不能说自己想去带孩子就去了。但看到年轻人既要照顾孩子，又要打拼事业，每天忙得脚不着地，老人们这时候就很心疼自己的儿女，怕年轻人压力太大，于是还是主动要求来帮忙带孩子。

年轻人这时候因为孩子，生活已然全部乱成一锅粥了，正好老人要来带，真是太好了，感觉一下子解放了一般。从此，年轻人就完全把孩子丢给了老年人，自己白天忙工作，晚上下班后没有应酬的话就回家抱抱孩子；有应酬的话，基本回来了都不会看一眼孩子，反正孩子都跟着老人睡觉的，年轻人可以轻松又放心地去过自己的二人世界了。

在由老年人带娃的家庭中，绝大多数年轻人很自觉地认为，把孩子的吃喝拉撒睡等日常生活交给老人负责，自己就下班了或者周末带孩子上培训班或者外出游玩就足够了。很多时候孩子仿佛只是父母的"玩具"。年轻父母平时回到家中或者周末带孩子出去玩，给孩子装扮成各种形象摆各种 Pose，然后拍照 P 图晒朋友圈，然后就没有"然后"了。

前些天参加一个工作会议，旁边是两位老年人，无意间听到她们在聊关于带自家孙子所遇到的各种问题，两位老人情绪激动地表达着自己在帮年轻人带娃过程中的种种遭遇，最后听到其中一位老人说："现在真是应了那句话'爷爷奶奶负责喂

愿有岁月可回首　且以深情共余生

养，爸爸妈妈只管欣赏'啊！他们年轻人啥都不管，我们又是老观念，根本教育不好孩子，怎么办哦……"

老人语气中透着一股心酸和无奈。

确实如此，年轻人生活和工作压力大，想要放松，想要自由，想要空间。老人看到自己儿女如此辛苦，又怎忍心袖手旁观？但是由于成长环境和教育背景等各方面差距太大，老人只能作为孩子的生活老师，照料孩子的日常生活起居，而孩子的教育等问题，最终还是得靠孩子的父母自己解决。

关键很多年轻父母，根本就属于撒手不管孩子一切的状态，感觉孩子交给老人了，就万事大吉了。当他们有一天心血来潮，发现孩子有什么问题时，就会跳出来，对老人横加指责，认为一切都是老人的错："这就是你们教的孩子，完全被你们惯坏了！"

而这时候，老人们其实已经尽了自己最大的努力来带孩子了，反而被年轻人这样抱怨，自然觉得伤心委屈，有的老人面对此种情况，看着自己一手带大的心爱的孙子，会选择忍气吞声，继续默默付出，而有的老人实在忍受不了，难免跟年轻父母爆发激烈争吵，最后闹得不欢而散。

社会上，大多在说老人带孩子的各种弊端和问题，而事实上，这里面最容易有问题的是年轻父母。

先来说说，老人带孩子，有什么好处：

老人带孩子经验丰富，不用担心孩子的饮食起居，保证孩子有充足的睡眠时间和健康营养的食物。

老人带孩子，不用花钱请保姆、装监控，还要随时担心保姆会不会对孩子做出什么不好的行为。

老人带孩子，经常参与户外活动，既锻炼了孩子的身体，又让孩子接触到了更多的玩伴，学会交往。同时让孩子远离了平板、手机、电视，避免孩子对这些东西养成依赖性。

老人带孩子，孩子会拥有更多快乐的童年时光。因为老人心疼孩子，不会那么严厉，不会强迫孩子做他不喜欢的事，给孩子太多压力。

再来看看，在老人带孩子的家庭中，年轻父母容易犯哪些错：

把孩子的一切都交给老人，基本不过问。这种多见于留守儿童家庭，年轻父母常年在外，鞭长莫及，只能偶尔打打电话问候一下孩子的情况。

间歇性地参与孩子的生活和学习。偶尔想起了，就过问一下孩子的情况，平时把孩子当"玩具"，空闲了就带孩子出去玩一会儿，周末就带孩子上上补习班，感觉自己在陪伴孩子成长。

看不惯，不赞同老人带娃的一些观念和行为。年轻父母有的跟老人感情生疏再加上有代沟，所以在抚养教育孩子方面有很多事情都无法形成统一意见。看到老人的一些不当行为，就忍不住强加指责，不顾老人的感受。

这里要提醒年轻的父母们：

首先，你们大多是因为自己没有时间或者精力照顾孩子，请老人来帮忙的。理论上讲，老人抚养你们长大成人再到结婚生子，已经很不容易了，他们没有义务和责任再来帮你们带孩子，因为孩子毕竟是你们的，他们只是心疼你们才来带孩子的。

其次，老人随着年龄增长，身体各方面不及当年了，无论是一个还在襁褓中整天需要换洗的婴儿，还是一个上蹿下跳活泼好动的两三岁的宝贝，对于老年人来说，都是很大的体能上的挑战。

最后，老人成长生活的年代跟今天相比，那变化太大了，所以在生活上，很多东西老人都不会，比如不会发微信语音视频，不会使用烤箱、电磁炉，不会玩智能手机、平板等，在观念上，更是在很大程度上无法跟上时代的脚步，这些都不是一天两天能得到改善的。

所以，年轻的父母们，在带孩子这件事上，请多理解老人，老人其实已经尽力了，毕竟是他们可爱的小孙孙，肯定是想好好带的，但是很多客观因素导致了他们无法做到让你们满意，甚至无法让他们自己满意，但至少他们在努力。

而年轻的父母们，在陪伴、教育孩子方面，你们是否努力了？是否清醒地认识到自己在家庭中的角色定位？是否做到了一个爸爸或者妈妈应该做的事情？是否已然做得足够好了？而不要做把孩子交给爷爷奶奶喂养，你们只管欣赏的不合格的爸爸妈妈。

孩子，这些情况下，你不必善良

父母从小教导我们，做人要善良，常怀感恩之心，到今天，我们也一直这样对自己孩子说，一定要善良。只是在复杂的今天，我看到太多孩子因为这种善良而遭受了横祸，家毁人亡。那难道教导孩子善良有错吗？也显然不是。

只是请父母至少告诉孩子，在下面这几种情况下，你不必善良！

比你强势的反而找你帮忙

相信大家都有看过类似的报道，就是人贩子利用小孩子的单纯善良将他们进行拐卖，人贩子常用的伎俩就是先找单独成行的孩子寻求帮助，伺机把孩子骗到人少的地方，然后再绑架拐卖。但是如果父母提前给孩子做过这方面的引导和教育，那么孩子就知道，这种情况下不必善良，就不会给人贩子可乘之机了。

讲个真实的事情：有一天，妈妈因为临时有事，就没能

愿有岁月可回首　且以深情共余生

及时赶到学校接孩子，人贩子在学校附近蹲守几天了，终于等到了机会，人贩子走过去对孩子说："小朋友，叔叔是来接姐姐的，姐姐也在这个学校里读书，但是刚刚叔叔去上厕所的时候不小心把姐姐的玩具弄丢了，姐姐等会儿出来看不到她喜欢的玩具，一定会很伤心的，叔叔知道你一定很能干，是个小侦探，能不能跟叔叔一起过去帮忙找一下呢？"

大家都知道，人贩子考虑到校门口人多，不好下手，想引诱孩子到厕所再实施犯罪。原本以为孩子会跟着他去厕所，但是这个孩子看着人贩子一直摇头，然后扭头跑到学校老师身边。人贩子无奈只能放弃。但是他马上转换目标。没过几分钟，他就骗到另一个孩子，正当他把孩子往厕所那边推时，被警察抓了个正着。

原来是之前那个孩子跑到老师身边，告诉老师他遇到了坏人，要老师赶紧报警。本来老师还半信半疑，结果没想到真的是坏人。警察问孩子，你怎么知道他们是坏人的？小孩子说妈妈曾经告诉过他："大人只会找大人帮忙，因为你是小孩子，你比他弱，所以除非他们是骗子，否则不会找比他弱的人帮忙的。"

这就跟男人不会找孕妇帮忙，健壮有力的人不会找残疾人帮忙，有钱人不会找穷人讨饭吃是一样的，一定是弱的一方向强的一方寻求帮助。你什么都比他强，那你还找他帮什么忙。

如果你是弱的一方，而强的一方反而要你帮忙，那么只能说明他一定另有所图，这时候，请及时收起你的善良，否则，后果可能不堪设想！

让你进入封闭环境

讲个故事，有天下雨，没有生意，美女店员见门口有个乞丐在淋雨，于是出于好意请他到店里躲雨休息，店员还给他做了一碗面，让乞丐吃，乞丐非常感谢，狼吞虎咽吃完。然后看到店员很漂亮，店里又刚好只有她一个人，顿时心生歹意，要求美女店员把店里的钱都给他，否则就要侵犯她。

店里只有她和那个乞丐，在这样封闭的环境下，美女店员根本没有讨价还价的余地，为了避免遭受更大的伤害，她把店里的钱都给了乞丐，并且告诉乞丐，店长马上就回来了，乞丐这才离去。

人性有时候是很可怕的，一个人在青天白日下，举止得体，君子谦谦，但是当他进入一个封闭的空间，缺少了大家的监督，而你又比他弱势，那真的很难说他会不会做出不可思议的残忍的行为，而那时你只能任其摆布。

所以，助人为乐可以，但是不要进入封闭的空间！

善良有时会坏事

相信很多人读过《自然之道》，说的是有一行人，来到南太平洋加拉巴哥岛旅游，因为这个岛上有许多太平洋绿龟在筑巢孵化小龟。他们的目的，就是想实地观赏一下幼龟倾巢而出离开龟巢争先恐后奔向大海的壮观场面。在傍晚时分，他们终于有幸找到了一个很大的龟巢，里面有很多小龟，但是一开始只有一只小龟探头探脑地爬出来，就好像是在侦察周围的环境，正当幼龟踌躇不前时，一只嘲鸫突然飞来，它用尖嘴啄幼龟的头，企图把它拉到沙滩上去，一行人当中有人看到了这残忍的一幕，不顾当地向导的劝阻，焦急地上前赶走了嘲鸫，然后拿起幼龟放到了海水里。龟巢里的其他幼龟看到侦察兵小龟回到海里了，以为外面安全了，结果全部跑出来努力奔向大海，然而从龟巢到海边还有一大段沙滩距离，毫无遮挡，成百上千的幼龟结队而出，很快引来许多食肉鸟，最终几乎所有幼龟都被各种海鸟吃光了。亲眼见到自己犯下的错误导致所有幼龟殒灭。一行人目瞪口呆，然后懊悔不已。

所以，你的善良，未必就会成就好事！看起来是行善的事情，却可能因为不明就里或者人性的复杂贪婪而变成坏事，勿以恶小而为之，勿以善小而不为，日行一善，功满三千，但是行善之前请考察清楚，你的善良到底会造成什么样的后果。

善良也要有度

家门口有个乞丐，你看他可怜，每天出门都会顺便给他买一块面包，就这样一个多月时间过去了，然后某一天，你因为赶时间，所以就决定不买早餐直接上班，但是没走出去多远，乞丐就追上来问今天为什么没有面包，然后得知确实没有后，就骂骂咧咧，说你每天都穿得干干净净上班，难道给我买个面包都不行吗？你又不缺那一点钱。说罢甚至差点动手打你。

一个人穷困潦倒饥寒交迫的时候，你施舍他一碗粥一块馒头，对他来说就是雪中送炭，他会感恩不尽。但是，如果你继续给他食物，他就会觉得理所当然了，觉得你又不缺这些，还只给稀饭馒头，实在是太吝啬了。

这就是人性，当你第一次给他提供帮助时，他会对你心存感激，第二次，他依然感激，但是明显没有那么强烈了，到第三次、第四次乃至第 N 次以后，他就会觉得理所应当，理直气壮地认为这都是你应该为他做的，当你某一天不再帮助他时，他甚至会对你心存怨恨，以怨报德。

所以，从小教导孩子善良并没有错，但是同时告诉他，人的善良一定要有度！当对方是一个不思进取、一味索取的人时，请你务必收起你的善良！当对方是一个凶残无比、十恶不赦的暴徒时，请你一定不要心软！

孩子真的需要穷养吗？

也许，这应该是一篇教育孩子的文章，但是我相信大家读完之后，更多的是从中看到了我们童年的一些缩影。所以这不只是一篇教育孩子的文章，教育的其实是我们所有的人。

先分享两个真实的故事。

第一个四块五的故事是我听一个女孩子讲的：家在农村，初中住校，一星期回家一次。妈妈通常每周给两元零花钱，那个星期她想要四块五，妈妈不给。然后她就以不去上学相要挟。结果妈妈甩下一句："爱上不上，不上更好，省钱，现在就回家吧！"

毕竟只是个初中生，她也没有其他办法，最后只能是死缠烂打继续追着妈妈要，妈妈最终不胜其烦，很不高兴地掏出四块五，用力扔给她，一副嫌弃的样子。而那四块五散落一地。女孩子颤颤巍巍地捡起了钱。后来谁也没有再提起这件事，仿佛没有发生过，但是真是如此吗？这件小事其实对她影响很大，导致她在后来的人生中一直觉得自卑，同时，在心里埋藏下对于金钱的强烈渴望。

第二个五毛钱的故事是一位男士讲的：同样是初中年纪，某一天，班上两个女同学到他家做客。这是他平生第一次与同龄女孩这样交往。在家坐了一会儿后，女同学提议去街上转转。可是他兜里没钱，只好去找妈妈，希望能要点零花钱。妈妈也是不肯给。要是放到平时，不给就不给，他肯定不会继续再要了，但是毕竟有女同学在，也是第一次陪她们逛街，所以他一再恳求，甚至最后哀求，妈妈才很不耐烦地掏出五毛钱，扔到桌子上："拿去！"他捡起那五毛钱，最后请两位女同学一人喝了碗茶，就各自回家了。

当年的男孩子现在大学毕业参加工作了，经济独立，高大帅气，也早已到谈婚论嫁的年龄，虽然知道年事渐高的父母非常孤寂，但他却不结婚，不回家。他说，这一切都源于当年妈妈扔在桌子上的五毛钱。

这两个故事，单从他们的简单表述，我虽然看不出这两个家庭真实的经济状况，但却能强烈地感受到一种"贫困"。这种贫困不是物质经济上的，而是精神上的。当孩子合理提出一些金钱要求的时候，两个家庭中妈妈的反应就好像在说：我真的没有一分钱，你怎么还问我要钱。

可是对于孩子来讲，他觉得同学来访，作为主人，应该热情款待，这是礼节，也是青春期孩子自我展现的正常反应，他认为向妈妈要一点钱是合理的，妈妈应该理解和支持。所以在他伸手那一刻，在他心中，母亲的形象还是完整的，是他可以伸手的人。而当他一再哀求直至母亲掏出五毛钱扔给他并大吼"拿去"时，至此一个男孩的自尊心已经在无意间被伤得千疮

愿有岁月可回首 且以深情共余生

百孔。而最最屈辱的是，他还必须捡起那五毛钱，因为他需要这五毛钱，两个女同学还在外面等着他，期待一起愉快地逛街。当他俯身捡起那五毛钱时，一定明显感觉到了心中什么东西碎了一地，从此留下了阴影。

妈妈肯定想不到，从孩子伸手要钱，到弯腰捡起那五毛钱，短短几分钟时间所造成的负面影响，在孩子的心理时间上，却始终贯穿蔓延整个人生。妈妈至今还不知道如今孩子不结婚不回家竟是因为当年那区区五毛钱，这是多么可悲！

诚然，掌握金钱是父母的一种权力，很多妈妈没有意识到，自己经常有意无意地用金钱带来的权利狠狠地羞辱着自己的孩子，正如上面两个故事中的妈妈一样。中国许多父母在很多方面都有很强的控制欲，包括金钱。当他们感觉作为父母说一不二的权威受到挑战时，便把金钱作为武器，随意劈向自己的孩子。

一直有这样一个观点被很多人都认可，说孩子要穷养，特别是男孩子，一定要穷养！但没人在意，特意地穷养孩子，在穷养的过程中，其实会丢失很多东西。

穷人家的孩子穷养，很大程度上是客观条件造成的，而一些富人家的父母为了杜绝孩子养成大手大脚消费的坏习惯，刻意在孩子面前"哭穷"，也可以理解，但是这种做法需要掌握一个度，适度"哭穷"可以给孩子动力，但如果过度了，可能就会给孩子造成一种压力，导致孩子对金钱过度强烈的渴望。

试想一下，孩子整天看着父母为钱发愁，担心自己可能因为没钱而无法完成学业，那他还能乖乖坐在教室里安心地学习吗？所以在孩子成年以前，父母一定要从行动和语言上坚定地告诉孩子：爸爸妈妈一定会保证你读书、生活的费用，你不用担心。等你长大了，你就必须通过自己的努力去创造财富。

这种引导和承诺对孩子来讲是非常重要的。因为它会让孩子的内心安定，只有孩子的内心安定了，才能轻松上阵，将自己的才能肆意发挥到极致，同时这样做也不会让孩子从小就树立不正确的金钱观。

那穷养孩子到底可能会有哪些弊端呢？

1. 穷养会让孩子丢失大方得体

穷养的孩子，因为长时间生活在经济重压之下，所以常常会因为在某方面不如别人而轻易自卑。他们胆小内向，不敢跟别的小朋友交往。长大后也会在各种场合表现出拘束，时常觉得低人一等，他们即使腹有诗书也不敢展露，拒绝他人走进自己的内心，将自己关在小小的空间里。他们在金钱物质方面会表现得尤为自私，占有欲极强。而且一旦得到某种东西，就很害怕失去，心理承受能力非常弱。

2. 穷养会让孩子丢失格局

当今社会，不少人持有这样一个观点：穷人会越穷，富人会越富。虽然不完全是，但还是有一定道理。仔细想想，如果真是这样，那就意味着贫富差距会越来越大，肯定不利于社会的良性发展。而之所以有人认为穷人会一直穷下去，是因为他们的父母给孩子画了一个圈，孩子自小就禁锢在这样一个圈里走不出来，这个圈就是"格局"。

自小穷养的孩子为了节省两块钱，会花两小时步行到目的地，而富养的孩子会毫不犹豫地花费二十块钱，打车去目的地，将两小时的路程节省到二十分钟，因为他们想的是时间比金钱更重要。这就是格局！穷养的孩子可能每天都在疲于琢磨怎么节省几毛几分，将时间花在一些并不能让自己增值的东西上面，而富养的孩子有更多的时间和机会去接触世界，体会不一样的丰富人生。

3.穷养会让孩子丢失气质

这个世界上，金钱可以复制，知识可以获取，甚至容貌都可以通过整容来得到改变，但是，一个人的气质是很难模仿和改变的，很多时候我们从一个人的穿着言行就能判断一个人的出身。为什么有些孩子一看就是有气质有教养，但有些孩子一看却是让人感觉粗俗不堪？人的气质是从骨子里渗透出来的，包括孩子，孩子的气质是家庭环境和教养的真实映照。这种气质来源于孩子的自尊和自信，而这正是富养的孩子容易具备的，而穷环境下长大的孩子，他们首先追求的是金钱物欲的满足，他们没有意识、精力和机会追求更高层次的东西。

决定穷养还是富养孩子的是父母，孩子没有办法去选择，穷养下的孩子也是很难翻身的。只有在不断的自我突破和改变中，努力去获得更大的成功，直至这份努力和成就盖过了自身的自卑，才能慢慢找到自信，然后改头换面持续下去，但有多少穷养长大的孩子能成为这样的幸运儿呢？

孩子处在压力的环境下，对周围的人和事也会变得异常敏感，不愿走出去参加社交活动，这种心理压力会阻碍智力和生理发展，影响学习成绩和生活状态，最明显的影响是抑制求知欲和探索世界。

在中国，我们通过几代人的不懈努力，刚刚摆脱贫困，解决温饱，努力奔小康，在这个过程中，我们很多人都品尝过贫困的滋味，也可能因为被父母穷养而有过自卑。我们很清楚地知道，我们自己是用了多少的努力去克服这种自卑感。这些努力或许包括我们忽视了身边很多美好的事物，像一部机器一样只顾拼命地赚钱，以至于忘记了为什么而赚钱。

拜金，是最近几年流行起来的一个词，不知从什么时候起，大家一致向钱看，导致针对孩子的家庭教育亦是如此，从小就给孩子灌输金钱至上的观念，甚至不惜故意穷养孩子来将这种思想强加到下一代身上，实在大错特错！

对待教育，请不要走极端，平衡才是最好的教育之道：

让孩子撞撞南墙，他们才懂得谦虚谨慎；

让孩子接触音乐，他们才懂得高雅和谐；

让孩子经受失败，他们的灵魂会更加坚韧；

让孩子经常旅游，他们的视野会更加开阔。

保证了孩子的基本物质生活，他们才不会自卑而又贪婪！

教育，是父母不放弃自我成长

　　如何辅导孩子做作业，如何培养孩子行为习惯，如何陪伴孩子成长……父母们都读过了太多家庭教育的文章，也收藏了很多教育孩子的心得，懂得了很多为人父母的道理和技巧，但为什么在教育孩子的问题上，还是感觉力不从心，老是做不好呢？

　　别急，建议您认真读一下这篇文章。其实，教育孩子最好的办法就是先不断地完善自己，提升自己，然后在教育孩子的过程中同孩子一起成长！

　　很多父母在教育孩子的问题上，表现得很焦虑，而越焦虑问题就越多，那父母们为什么会如此焦虑呢？

　　归结起来，大抵是很多父母在教育孩子方面患有"间歇性焦虑综合征"，他们对孩子、对教育，缺乏一个持久而深入的理解。有时候突然想起了，猛然意识到一些问题，然后赶紧管一下，或者看到孩子有一丁点儿不如意的地方，就开始忧虑孩子以后上初中、高中和考大学，甚至多年后的婚姻和事业……

而他们完全没有意识到，这种焦虑本身，就是有问题的，足以影响到家庭教育，毁掉孩子的未来。

父母们之所以焦虑，是因为他们并没有真正地关心孩子，或者说没有完全重视对孩子的教育，只是在间歇性地关注和教育孩子，当偶然发现孩子有问题时，就关注多一些；没有明显的问题，便关注得少甚至不关注。对孩子的教育，缺乏一个宏观的掌控，对于自己和孩子该做什么，不该做什么，做到哪种程度，自己心里也没底。因此，对孩子未来的发展走向，自然就缺少了一份确信。自己不确信，那么就会焦虑。

那么，肯定很多父母会说，对于孩子以后该干什么，成为什么样的人，他们很确信啊。其实不然，这都是他们给自己不认真对待教育孩子所找的各种敷衍的理由！事实上，他们完全没有跟孩子进行有效的平等的沟通，一切都是想当然的，自然无法走进孩子的内心，也就得不到孩子的回应，达不到自己所预想的结果。

许多父母，从毕业到工作，从结婚到生孩子，表面上达到了一种人生的"圆满"，然后便放弃了自我探索与提升，拒绝改变和重生。生活上永远遵循"最安逸原则"，看上去悠然自在，轻松洒脱，生活稳定，令人羡慕。其实，很多人生议题并没有完成，而是搁置在那里。即使已经意识到，也装作视而不见，自我麻痹！

其实这就是"成长的断崖"。很多人自认为选择了一条安逸的路，结果随着时间的推移，问题始终没有解决，然后某一天突然爆发，只能被动地陷入接踵而来的烦恼的泥沼。到头来，付出的不是更少，而是更多。

当然，选择最安逸的生活状态，也不是错误。不过，人生的议题并不会因为我们的回避而远离。在《少有人走的路》中，派克写道：

我们对现实的观念就像是一张地图，凭借这张地图，我们同人生的地形、地貌不断妥协和谈判。地图准确无误，我们就能确定自己的位置，知道要到什么地方，怎样到达那里；地图漏洞百出，我们就会迷失方向。

有的女性过了青春期，就放弃了绘制地图。而绝大多数女性结婚生孩子后，就自认为人生地图完美了，相夫教子，老公事业有成，孩子乖巧听话，人生没有任何瑕疵。甚至自我封闭，拒绝成长，对于新的信息和资讯，她们也没有多少兴趣。只有极少数女性能意识到自己的问题，对自己的人生有明确的规划，然后继续努力，不停地更新自己对于世界的认识，然后足够自信地教育自己的孩子，然后活出自己的精彩。

许多父母埋头于柴米油盐的生活，最大限度回避了与自己的关系，与他人的关系，与世界的关系。派克的另一句话，说得言简意赅：规避问题和逃避痛苦的趋向，是人类心理疾病的根源。

在人生的很长一段时间，我们都可以逃避很多问题，但是，孩子的到来，则让父母们无处可逃。亲人和朋友可能会包容我们，但孩子不会，至少在他们年幼的时光里，只是凭天性和直觉生活。我们的情绪自我调节能力，我们对生命的理解和态度，我们对亲密关系的处理能力，都真真实实地被这个小生命映照得一览无余。

孩子降临到这个世界，既是他们的新生，也是父母的重生。

从某种意义上说，孩子是父母的老师，能督促父母重新认识自己，意识到自身的优缺点，并有机会改变，不断完善自己的人生地图。

如果父母处理不了与自己、与他人的关系，怎能处理好与孩子的关系？如果父母都自我放弃不再努力，又怎能要求孩子同样努力？如果父母对这个世界不再好奇，又怎能留住孩子的好奇心？

曾听到有位妈妈这样感慨：我现在才理解"孩子是天使"这几个字，如果不是在培养他、教育他的过程中遇到困难，我是肯定不会去探索并努力提升的，更不会深刻反思自己的成长历程和思维模式。现在，我感觉自己在重生，虽然过程中有些许痛苦，但是却很踏实、很坚定，也很充实快乐，而这些，都是孩子、是天使给我带来的改变。

如果父母一味抗拒成长和改变，就会把成长的任务转嫁到孩子身上。如果父母不能接纳自己，对自己不满意，就格外需要一个令人满意的孩子。如果父母不能处理好亲子关系，心中就会有一个"理想小孩"的形象，希望孩子主动符合父母的期待。这些，都是家庭教育失败的重要原因。

自从有了孩子，父母便不知不觉跟孩子绑在了一起，感觉自己把所有精力都放到孩子身上，与孩子共进退、同悲喜。孩子被老师夸奖了，这一天就非常愉悦；孩子考试考砸了，心情顿时晦暗无比。如此一来，孩子就会变成人生最大的"创可贴"。一个孩子，很难担负两个人的成长任务，这样的状态，注定会出问题。而更要命的是，父母们自认为的拼命付出、耐心教导，其实并没有得到孩子的回应，反而很多孩子慢慢看不起父母，叛逆反抗，然后跟父母越走越远！

选择与孩子一起成长，意味着我们要重新审视自己，直面人生的各种新旧问题，并寻求答案，完善自我。我们并非过了十八岁，便是真正意义上的成人，在某些时刻，我们只是大号的孩子。我们在成长中积累了很多暗伤，许多成长任务并没有完成，与孩子相处，这些问题再次浮出水面，这也是很好的线索和自我改变的机会。当我们感到困顿、力不从心的时刻，不妨停下来，看看到底是什么阻碍了我们。

请记住：教育的所有方法和技巧，只是帮助孩子成才的一部分。除此之外，教育真正拼的是父母的功底，是父母的处世态度和人生感悟。也就是说，父母的整个人生，都会参与到教育中来。

当前社会环境下，大多数家庭中，父母承担的教育责任更重一点。所以，我也总是提醒父母们，人到中年，路要越走越宽才好。每天相夫教子，买菜做饭，把家里收拾得整齐有度，本来是很幸福的事情。但是，仅仅懂得柴米油盐酱醋茶，会离孩子的精神世界越来越远。

教育孩子的关键，是先要执着地培养自己。

在家庭教育中，父母们最理想的角色状态是什么呢？是孩子懂的，我们懂；孩子不懂的，我们也懂，至少，我们要与孩子有交集。而这个漫长的自我培养的过程，既是为自己，也是为孩子。孩子的起点，是父母的肩膀。所以，孩子永远不会有相同的起跑线。父母的水平多高，那么孩子的起点就有多高。

所以，爸爸妈妈们，任何时候，请勤奋好学、努力成长，这才是对孩子最好的教育。

家有二胎，如何协调孩子之间的矛盾？

　　自从国家放开二胎政策以来，很多人反而不敢生了，但事实上，身边依然不乏很多鼓足勇气生下二胎的，尤其以70后居多，为什么呢？首先70后到了这个年龄，第一个孩子已经长大了，能够基本独立了并能够照顾弟弟妹妹了。再者，70后已经基本奋斗到多多少少有一定成就或者积蓄了，完全有能力抚养第二个孩子了，生活负担不像80后、90后那么大，可支配时间和金钱还算比较充裕，所以，大部分70后虽然已经是高龄产妇了，但还是趁政策放开，加入了二胎行列。

　　但是以上所有条件都具备了，就真的做好生二胎的准备了吗？作为父母，是否知道怎样解决孩子之间的矛盾呢？

　　如果两个孩子年龄相差比较大的话，孩子之间的矛盾还不会很大、很明显。毕竟，大的孩子已经差不多懂事了，孩子们感兴趣的事物也不一样了，很少发生矛盾不说，大点的孩子还懂得怎样照顾小的，怎样帮父母分担一些照顾弟弟妹妹的琐事。

　　但是，如果二胎孩子比哥哥姐姐小不了多少，两者年龄相当，那么孩子之间的烦恼矛盾就可能比较明显了，因为大家几乎处在同一个年龄段，彼此感兴趣或者想要的东西都差不多，很可能就会出现争宠，出现为了同一样东西而大打出手的情况。不信的话，你们其实可以观察下身边的双胞胎，经常出现看不惯对方、打架的情况。所以，针对这类年龄接近的二胎，父母就要多花点心思，多考虑下怎样有效预防和解决孩子之间的矛盾了。

首先，孩子们都是很敏感的，尤其是在感受父母对自己的爱时，特别在意。所以，父母在决定要二胎时，一定要提前就跟孩子讲，先尝试问孩子，平时一个人玩，是不是会感觉孤单呢，想不想有个弟弟或者妹妹陪你玩，跟你一起吃饭、睡觉、上学、做游戏呢？观察孩子的反应和回答，再想办法慢慢引导，总之，要提前给孩子做心理建设，让他对即将到来的弟弟或者妹妹有充分的心理准备，这样他才会觉得多一个弟弟妹妹并不是爸爸妈妈独断专行的产物，他才会感受到充分的尊重。而不是弟弟妹妹生下来了才告诉孩子，恭喜你有弟弟妹妹了，那时候孩子是被迫来接受的，这就很容易给孩子埋下厌恶弟弟妹妹的种子，这样是很不利的。

其次，当弟弟妹妹到来了，父母一定要做到尽量公平对待，处理孩子之间的事情不偏不倚，谁对谁错，奖惩有度，而不是因为哪个孩子大、哪个孩子小，哪个是哥哥、哪个是妹妹，就教育孩子要理所应当地谁让着谁，谁应该受到的惩罚重些或者轻些。

作为父母，一定要站在公正的位置，这样，孩子才能心服口服，才能感受到爸爸妈妈没有偏心。因为其实很多孩子是不大愿意要个弟弟妹妹的,因为很多大人经常这样给他们开玩笑,或者说吓唬孩子:弟弟妹妹会抢你的东西,爸爸妈妈有了弟弟妹妹就不要你了,不爱你了。大人以为是玩笑话,逗孩子玩,但是孩子就当真了。很容易从一开始就排斥弟弟妹妹,如果在这样的前提下,父母在处理事情时,还不公正,略带偏心,那孩子更会觉得事实就是如此,进而发展到叛逆、抗拒,甚至想着法儿欺负弟弟妹妹。

　　家长在处理孩子之间的问题时,往往简单粗暴,我曾经遇到或者看到很多家长这样处理孩子之间的矛盾。弟弟和哥哥都要一个玩具,死活不想让,争吵引来了父母的注意,父母过来不分青红皂白就指责哥哥,说哥哥你比弟弟大,为什么不让着弟弟,你都这么大了,还玩这些干什么?赶紧给弟弟!然后边说边从哥哥手里抢过玩具送到弟弟手里,然后还不停安慰弟弟……

　　是的,这样做很快就平息了孩子之间的纷争,自己也落得耳根清净,但是这样做的结果是什么呢,父母完全忽略了哥哥的感受,而在哥哥眼中,父母就是偏心,他甚至搞不明白,为什么哥哥就一定要让着弟弟,凭什么呢?难道我就不是爸爸妈妈的孩子吗?从此哥哥就会在心里埋下爸爸妈妈偏心的种子,然后如果父母一直不重视不处理,那么这颗种子就会发芽长大,最后占据孩子的内心,结果可想而知。

　　而对于弟弟而言,这样处理的坏处也是显而易见的,弟弟跟哥哥一有争执,父母就会出面维护自己,而训斥哥哥。长此下去,弟弟就会变本加厉,认为哥哥让着我是应该的,认为无论我有什么要求,爸爸妈妈一定会站在我这边,我甚至可以随

愿有岁月可回首　且以深情共余生

意欺负哥哥，到最后甚至诬陷哥哥，以取得父母的赞赏和更多关爱。这样成长的弟弟，结果也是可想而知的。

所以，准备要二胎或者已经要了二胎的父母们，请重视孩子之间问题的处理方式，我们要尽力引导孩子之间相互友爱，相互成为彼此的依靠，多一个孩子，应该多一个帮手，多一分爱，多一点希望，而不是培养出两个三观不正的魔王，徒增烦恼！

第五辑·

余笙弄文

从某种意义上来讲，
文学其实是孤独的产物，
所以一个作家承受孤独，
是一种命运，
也是一种能力。

春游金堂竹韵书院

  又是一个春天到来，戴了三年多的口罩，终于可以在这个油菜花开的时节轻松摘下，难得周末闲暇，正当自己为该去哪里呼吸新鲜空气而纠结时，却迎来了金堂县竹韵书院刘元兵老师的邀请，于是乎，我们浩浩荡荡三辆车，十多个人，就来了个说走就走的金堂之旅。

  早就听闻刘元兵老师是个十分热情的文友，他提前很早就在高速路出口等待迎接我们的这种深情厚谊，着实让我们感动！而他从始至终的热情好客也真是让我们有点"吃不消"。在高速路口一阵寒暄之后，我们就跟随刘老师的车一路沿着山间乡道往前行驶。

  "万树江边杏，新开一夜风。满园深浅色，照在绿波中"，我一直都知道，金堂是一个人杰地灵、山清水秀的宝藏地方，但并没有太多机会来真正欣赏它的美。今天趁着大好春光，与文朋诗友一道，驾车行驶在金堂山水之间，将所有车窗开到最大，任春天的风肆意拂过脸颊，任道路两旁金黄的油菜花映满眼帘，头顶是湛蓝的天空，成群的鸥鹭振翅徜徉，跳下车脚下就是松软的泥土，树杈上是新发的嫩芽，不远处农田里就是成片绿油油的小菜……是的，这才是春天的味道，这才是游离于城市钢筋水泥以外的花花世界！

约莫半个小时后，沿一道矮梁子蜿蜒而下，经过红花水库，我们到达了刘老师竹韵书院所在地，距离金堂县城四十多公里的竹篙镇赵家沟，书院坐落于村里一片竹林之中，在青山绿水掩映之下，显得优雅而庄重。

竹韵书院是刘元兵老师在自家老宅基地上改建而来，可以说倾尽了他所有的心血，耗光了他所有家财，不为别的，只为回馈这一方养育他成长的山山水水、勤劳朴实的乡里乡亲和热爱文学的那一群孩子。当下，建立文化自信，振兴乡村旅游，到底该如何切入？竹韵书院应该是一个很好的例子。据刘老师介绍：竹韵书院运行近一年来，已经有五十多个孩子来书院接受系统文学辅导。竹韵书院先后开展文学讲座十余场，在附近学校开展文学讲座六场，参与学生数量达千余人次。经常有附近的学生来书院阅读学习，也有周边农民借阅书籍、休闲娱乐、开展农业讨论。金堂县和竹篙镇主管文化工作的领导，曾莅临书院指导工作。在成都开放大学金堂分院的指导下，成都市终身教育促进办公室授予竹韵书院为2022年成都市"终身学习型社区"；书院被评为2022年金堂县"终身学习品牌项目"。

竹韵书院以一己之力，推动了山村文化发展，它既是刘元兵老师的私人书房，也是乡村图书馆，更是人们进行精神文明教育的场所之一。曾经，刘元兵老师接受乡亲们的馈赠，吃百家饭长大，外出求学的路费都是乡亲们凑的。而如今，他不仅

愿有岁月可回首　且以深情共余生

牵头将通往村里的泥泞山路硬化，变成方便出入的坦途，更是用自己的所学所爱，建立起这样一个山村里人们的精神家园，值得钦佩！

竹韵书院共三层楼，一楼是一个院坝，种满了花草、蔬菜和几株橘树，中间是刘老师家的堂屋，堂屋外墙上"勤""俭""助""学""文"几个大字苍劲有力，这是刘老师父母亲对他的训诫，也是其家族精神的传承。二楼是讲学堂"贤雅书屋"和阅览室"老几驿站"，老几是刘老师的笔名。走进书屋和驿站，书香盎然，艺术气息扑面而来，一本本精美图书分门别类地陈列在书架上，书法绘画作品挂满四面墙，仿佛置身知识的海洋、文学的殿堂。三楼是刘老师的创作室"竹香居"和一个露天会客平台，四处鸟语花香，竹影婆娑，刘老师平时就在此进行文学创作，包括已经出版的《邮仔乡愁》《驿站》和即将出版的《风景》等，皆出于此。多年来，刘老师一直笔耕不辍，我以我笔写我心，用真情感动着众多文学人。

刘元兵老师是一个善良的人，是一个情感十分丰富的人。他将村里无依无靠没有经济来源的孤寡乡亲邀请来帮他照看书院，每个月自掏腰包给乡亲发钱，他说，这样也算帮他自食其力；刘老师对待来书院学习交流的学生，从来不收他们一分钱，并且所有吃住行他全包，他说，只要孩子们能来，愿意学习，他就很高兴；刘老师尤其关爱身边的文学人，他之前有关注到一位倾尽毕生所有追求文学的朋友，日子过得十分艰难，刘老师被他的事迹所感动，专门撰文《痴汉》加以抒发，后来引起了广泛的关注，甚至有人捐了电脑等物资，刘元兵老师不辞辛劳，长途跋涉将朋友们捐赠的物资一并亲手交给这位生活困难的文友……

但行好事，莫问前程。人的一生，在有限的时间里，做更多有意义的事，足矣。竹韵书院，让我看到了乡村农家书屋的另一种形式，看到了乡村文化振兴的未来，看到了刘元兵老师埋头创作、无私奉献、至善至美的大爱之心！

天下快意之事莫若友，快友之事莫若谈。与各位文朋诗友在刘老师的竹韵书院品茗交谈，弄笔言欢，不知不觉就天黑了，到了该说再见的时刻，但热情好客的刘老师一定要我们吃了晚饭再走，盛情难却，于是乎我们在刘老师的"挟持"下，又品尝了当地特色的火锅兔，麻辣鲜香，惬意至极！临上车，刘老师又将一袋袋金堂丑橘放到我们车上，生怕我们不要，还特意嘱咐，都是自己家种的，不值钱。

春光无限好，聚散终有时。此次金堂竹韵书院之行，我们所有人都收获满满，感慨良多。期待下一次能到竹韵书院开展更多合作与活动，希望刘元兵老师的竹韵书院越办越好！

愿有岁月可回首　且以深情共余生

闻乐而至　逐乐而行
——冬日乐至采风活动略记

　　四川多出将帅，除了朱德总司令以外，邓公与陈毅，应是名气最大的两位了。一位是改革开放总设计师，强力收回香港和澳门，一国两制开创者，并设立深圳经济特区，让一个小渔村迅速蜕变成国际化大都市，带领人民踏上小康之路。一位是中华人民共和国十大元帅之一，伟大的无产阶级革命家、军事家、外交家。曾任中华人民共和国国务院副总理、中共中央军委副主席、中华人民共和国外交部长，上海市人民政府首任市长。

　　一直都知道陈毅是四川乐至人，但是乐至具体位置在哪里，早前真不太清楚，更不知道原来乐至不仅有陈毅故里，还有"蜀中净土"——千年古刹报国寺、巍峨的南塔、神秘的仙鹤观和风光秀丽的蟠龙湖等。近日，有幸受邀到乐至县参加中国（乐至）第六届田园诗会、四川省散文学会乐至县分会成立大会和乐至县第十一届烧烤美食文化节，我才真正踏上这片人杰地灵之地，得以窥见乐至的美。

本次活动期间，在乐至县作协欧阳明、伍忠余等老师的带领下，我们主要参观了千年古刹龙门报国寺和国家 AAAA 级旅游景区、全国爱国主义教育示范基地、国家国防教育基地——劳动镇陈毅故里。四川人大多知道峨眉山脚下的报国寺，而鲜有人知道乐至县龙门乡的报国寺，在我看来，龙门报国寺青山环抱，依山面水，林木葱郁，远离尘嚣，更清幽古朴，有其独有的特色。

据《乐至县志》记载，龙门报国寺始建于隋开皇二年（582年），距今已有一千四百多年历史，始建时的寺名已无从考据，目前可以追溯到最早的寺名为明朝万历年间重建时记载的王董龛，后更名报国禅院，为目前报国寺的原本。历尽沧桑，几度兴废，可一切与佛法有关的事情总是令人难以想象，在历任住持和社会各界的共同努力之下，到了今天，报国寺仍呈现出一派清净、庄严的气象，特别是一道道散落于报国寺的奇观，足以让所有人为之惊叹。

从乐至县城出发驱车二十多公里，下高速后沿着蜿蜒曲折的山路徐徐前行，约莫半个小时即可到达龙门报国寺。下车后顿感空气清新无比，四周雅静，偶有几声鸡鸣犬吠，放眼望去，远处群山环抱，近处几垄良田，几间房屋点缀其间，疏落有致，炊烟袅袅，仿佛世外桃源。

通往报国寺山门的是一段水泥路，路两旁栏杆配有素色花鸟图形，栏杆外松柏香樟林立，延伸至寺庙山门。行至水泥路尽头，一块巨大的牌坊矗立面前，上有"蜀中净土"四个大字映入眼帘，磅礴庄严，牌坊背面有字："持戒念佛，利乐有情"，一下子将我们的情绪带入到佛门之中，内心一片宁静。绕过牌坊，拾级而上，就是报国寺的山门，而整座寺庙都在参天大树掩映之中，其间嶙峋怪石、千年古树、唐季残碑、宋明石棺与殿、堂、池、桥、亭、洞及摩崖造像融为一体，高低错落，迂回曲折，蔚为壮观。

古树抱佛、摩崖造像、明代石棺、玉佛耀辉堪称报国寺四绝，令人赞叹不已！同时，我们也在伍忠余老师的讲解下，了解到更多佛家知识，领悟人生的真谛。佛教是讲究因缘的，无论是对于一座寺庙、一名僧人抑或是我等凡夫俗子而言，都是不可回避的际会。今有幸造访这片净土，我如沐春风，心中一片宁静，杂念全无，这或许也是一种因缘。

参观完龙门报国寺，我们马不停蹄地驱车赶往陈毅故里。在此之前，我就十分向往这个地方，不仅因为从小背诵《梅岭三章》，还因为陈毅是我爷爷最敬爱的十大元帅之一，依稀记得老家堂屋正中间就一直挂着十大元帅骑马图，身为退伍老兵的爷爷经常擦拭，崇敬有加。

据伍忠余老师介绍，陈毅故里距乐至县城十五公里，以展现陈毅元帅功绩为主线，以弘扬陈毅元帅精神为主题，以配套主题园林景观为主要着力点。整体规划面积一百九十公顷，目前已建成核心景区面积四十余公顷，有陈毅故居、陈毅纪念馆、陈毅故居文物陈列馆、御风台、德馨园、七塘映月、陈毅诗艺苑、丹心广场、书剑广场等景点四十余处，是全国红色旅游经典景区，是四川"重走长征路，将帅故里游"旅游东环专线第一站，与广安小平故里、仪陇朱德故里共同形成了四川红色旅游"金三角"。其中陈毅故居为全国重点文物保护单位，全国爱国主义教育示范基地，四川省廉政文化教育基地。

我们此行重点参观了核心景点陈毅故居和陈毅文物陈列馆。将车停好后，通过陈毅故里牌坊大门，穿行于一片又一片荷塘之间，虽已岁末，满塘尽是残荷，但不难想象，盛夏时节，成片荷花争相盛开的热闹光景。步行十分钟左右，一座具有浓厚的川中村民居特色的三重堂四合院木质结构瓦房出现在眼前，大门门头"陈毅故居"四个字赫然在上，大门两侧，是著名书法家赵朴初先生撰写的楹联："直声满天下，功勋炳世间。"

跨进大门，陈毅元帅与夫人张茜的汉白玉石雕像即在眼前，1901年8月26日，陈毅元帅就诞生在这里。随后，伍忠余老师带领我们一一参观了故居的各个组成部分，并做了细致的讲解，使我们受益匪浅。从远处看，整座庭院，松柏挺秀，竹径幽深，一派肃穆幽静，正义凛然。

从陈毅故居出来，直行两百米左右，就到了陈毅故居文物陈列馆，因为时间有限，我们大致参观了其中几个展室，了解了陈毅青少年时代和平生从事革命工作的部分照片、文物资料等，而我在《青松》和《梅岭三章》诗碑前驻足良久，心情无比激动。

"大雪压青松，青松挺且直。要知松高洁，待到雪化时。"这是陈毅元帅作于1960年，最初刊发在《诗刊》1962年第一期上的一首诗。他后来在寄送给《诗刊》时留言讲道："1960年冬夜大雪，长夜不寐。起坐写小诗若干段，寄兴无端，几乎零乱。迄今事满一年，不复诠次。送登《诗刊》，以博读者一粲。1961年12月1日仲弘记。"由此可见，陈毅元帅的直率与豁达，革命军人青松般的品质亦显而易见，令人肃然起敬。

乐至县地处沱涪两江分水岭、成渝直线黄金分割点上，是成渝地区双城经济圈、成都平原经济区、成都都市圈"三圈叠加"之地。地理位置优越，文化底蕴深厚，人口众多，全县八十余万人，一直以来人才辈出，除了名震中外的陈毅元帅，先有宋代理学先师"白云先生"陈抟，后有中国近代学者、诗人、书法家谢无量，以及影视明星张歆艺等。

闻乐而至，乐不思渝蓉。正如其名，乐至人向来乐观，会享受生活。在这里，没有快节奏的上班压力，没有大城市的喧嚣和大机器的聒噪，只有开放包容、乐天派的乐至人。

清晨的帅乡广场，陈毅雕像下，乐至人开始了晨练，下腰的，劈叉的，跳绳的，跑步的……他们用饱满的激情迎接新一天的曙光；黄昏时分，乐至人带着孩子们在游乐区肆意玩耍，茶馆里喝茶聊天，舞文弄墨，好不惬意；蟠龙湖上，人们泛舟而行，湖光山色间，嬉笑怒骂，掬一捧湖水，清冽甘甜；桑田里，乐至人辛勤劳作，挥洒汗水，扛起"中国桑都"的美誉；报国寺外，乐至人心怀感恩，虔诚祈愿，净化心灵；而到了晚上，整个乐至县城都弥漫着烧烤的香味，乐至县烧烤美食文化节，至今已举办到第十一届了，每一次都人山人海，很多外地人都慕名而来，品尝乐至烧烤，感受乐至人的闲散安逸。

很多人讲，乐至，是一个特别幸福的地方，名副其实。我想，不管是土生土长的乐至人，还是在乐至生活、打拼的外地人，都会被乐至的某些东西所羁绊、所感动，或是因为儿时记忆，或是因为滋滋冒烟的烧烤，抑或是那一碗甜糯的藕粉、那一杯翠绿清香的桑叶茶……

活动结束，希望乐至的未来，如乐至县第十一届烧烤美食文化节的 slogan 说的一样，一直"乐滋乐味，至善至美"！

大美彭州　以文会友

——略记彭州清明·樱花作家荟采风活动

　　阳春三月，万物复苏，趁着大好时光，去户外采撷一抹春意，慰藉被城市钢筋水泥封印锈蚀的心房，呼吸雨后清新的泥土气息，看那漫山遍野的百花争艳，将眼中的尘埃掸落，把手中的酒杯高举，与文朋诗友畅聊文学，实乃一件难得的幸事。

　　受彭州市作协、彭州市桂花镇政府邀请，几天前，我们从成都出发，一行十余位文学爱好者跟随省散文学会领导，前往彭州市桂花镇进行了为期两天的文学采风活动，本次采风活动也是首届"中国·成都·彭州·桂花双红·清明/樱花作家荟"文学工程活动的重要组成部分。当然，我的目的很简单，就是希望领略大美彭州，同时认识更多的文友，交流文学创作。

　　一个小时后，车子抵达指定地点，是一个交通便利、环境优美的很特别的农家乐，远远就见到农家乐门头上挂着喜庆的欢迎横幅，心中顿觉一暖，加之一下车，彭州市作协副主席舟歌老师就热情相迎，一路的疲乏也消失不见，便开始对两天的采风活动期待满满。

舟歌老师非常周到地为我们提前安排好了住宿，房间干净整洁，窗边鸟语花香。稍事休整后，我们就迫不及待跟随舟歌前往我们采风活动的第一个目的地：猎枪会纪念馆。

彭州桂花猎枪会纪念馆是一座非常有川西民居特色的纪念馆。猎枪会纪念馆坐落于青山绿水间，周围树木茂盛，静谧宜人，踏入纪念馆，红色气息扑面而来，从墙上的展示内容得知，"猎枪会"成立于 1948 年 1 月上旬，由一位叫吕英的共产党人在彭州原磁峰镇建立向峨党支部，同时建立起了"猎枪会"。2013 年，在风景秀丽的"猎枪会"会员旧居上建立起了纪念馆，红色文化在桂花镇继续发扬光大，源远流长。

"猎枪会"，一段只存在于川西龙门山脉记忆里的传奇，它的故事在那段特定的历史时期，鼓舞了许多人，对彭州乃至川西的解放事业起到了一定的作用，它不应该被忘记，特别是那些曾经付出过心血与生命的人，更是我们后辈永远的榜样。

参观完猎枪会纪念馆，我们驱车前往桂花龙窑博物馆，在前厅，我们看到了一件件精美的陶瓷器件，接着师傅们现场向大家展示陶瓷制作，手艺精湛，感叹一坨不起眼的土坯在工匠师傅的手中竟能出落得如此精美！再往里走，就能看到一处依坡而建的古老窑房，因为窑身是一条倾斜的隧道，自上而下，如龙似蛇，因而得名：龙窑。而且据说，桂花龙窑是川西坝子保存到现在还在用的唯一一座古窑。龙窑每年只开窑烧制一到两次，而且每次开窑之前，都必须要举行仪式，敲锣打鼓，热闹非凡。其实早在明代，彭州市桂花镇就以土陶而闻名，如今彭州陶瓷已经久负盛名，享誉内外，已实现产业规模化，彭州陶瓷也是非物质文化遗产。

从龙窑出来，我们还在回味具有厚重历史的龙窑和展示区那一件件精美的陶瓷作品，意犹未尽！但时间匆匆，我们又马不停蹄前往张松故里千年古刹——三圣寺。相传，三圣寺原是三国名士张松的故宅。明代后期到清代光绪年间逐渐完成整个殿宇的改建或补建，三圣寺的雄奇面貌方显光彩，它也凭借着三面环水之势显得幽然别致。

三圣寺隐藏于山林之间，山中植被丰富，寺内古朴清幽，寺院建筑被枝繁叶茂的参天古树所包围，值得惊喜的是，寺庙里竟栖息着很多动物，不仅有成群的白鹭，每当寺内钟声响起，成群白鹭振翅齐飞，场面极其壮观。还有闲庭信步、婀娜艳丽的孔雀以及与人亲近、毫不畏生的梅花鹿，我还特意抓了一把玉米亲手喂给鹿子，让我在那一刻真正体验到了人与自然的和谐相处。同时让我想起李白的一首诗：犬吠水声中，桃花带露浓。树深时见鹿，溪午不闻钟。野竹分青霭，飞泉挂碧峰。无人知所去，愁倚两三松。大概有相似的意境。

在三圣寺停留时分，感觉心中甚是宁静安详，悠久的历史传说、静谧清幽的院落、禅意十足的寺庙、温柔灵动的小鹿……这一切都让我们沉浸其中，久久不能自拔。寺庙外墙外，河道边有一棵巨大的古银杏树，树龄一千七百余年，虽然比不上移植到都江堰离堆公园那棵张松银杏那么有名，但在当地人心中，依旧神圣无比。我们一行人在这棵古老的银杏树下合影留念，然后返回住宿地，第一天的采风活动就告一段落了。

第二天，我们到桂花镇双红村党群活动中心参加了四川省散文学会彭州分会成立、彭州市创作基地授牌仪式，听取了领导们对彭州文学创作给予的厚望,从中感受到彭州人拥抱文学、支持文学创作的热情,参加仪式的文学人都受到了莫大的鼓舞。

仪式结束后,我们前往绝美的樱花山继续采风交流,盛开的樱花簇拥着,拼命绽放,仿佛要把整个春天的艳丽都披在身上。漫山遍野,花香飘散,文人骚客,把酒言欢,好不快意!很多文朋诗友,沉浸于眼前的美景,不禁现场吟诗作赋,直抒胸臆,文无第一,武无第二,在那一刻,我们都是最真实的文学创作人!

欢聚的时光总是短暂,活动在大家相互合影留念、彼此依依不舍握手话别中结束。此次采风活动不仅让我了解到了不一样的彭州,也让我认识了更多的文朋诗友,相信在今后的文学创作道路上,彭州也会是浓墨重彩的一笔。

两天的采风活动,一路的风景,让我积累了大量的创作素材,也带给我心灵上的震撼。最重要的是,跟众多文友交流学习,是一笔宝贵的财富,会在我今后的学习工作中给予我无限的灵感。再次感谢彭州市作协、彭州市桂花镇政府,感谢这大好春光,感谢生命中的每一次遇见!

愿有岁月可回首 且以深情共余生

崇庆一夜听春雨　良田古镇罨画池

——略记"情暖崇州·寻境之旅"文学采风活动

前些日子，受省散文学会崇州分会邀请，作为省散文学会的一员，我跟随省散文学会领导、同仁们来到崇州，参与了为期两天的"情暖崇州·寻境之旅"文学采风活动，行程安排很丰富，学习交流很畅快，可谓收获颇丰。

崇州，以前也叫崇庆，在我印象中，是一个地理位置、自然环境十分优越的地方，首先交通便利，距离成都不到一小时车程，成为了很多成都人闲暇时间短途休憩游玩的好去处。其次崇州地理环境多样，东面连接成都平原，地势平坦，良田万顷，而由东往西，逐渐呈现山林丘壑，最西面有鸡冠山森林公园，群山兀立，巨木参天，最高峰鸡冠山峰海拔三千八百六十八米。从地图上看，崇州是一个相对狭长的区域，所以才呈现了不同的地理风貌，这也造就了更丰富的自然环境与文化底蕴。

此次崇州采风活动，由省散文学会崇州分会组织安排，并得到了省散文学会绵阳分会、彭州分会以及大邑县文学协会的

第五辑·余笙弄文

大力支持，可谓为文学而来，一呼百应。崇州分会会长邓丽宏，以前我们多有照面，也有耳闻，但并不熟识，好在上一次去彭州参加采风活动，有过短暂的交流。印象中，是一位说话干脆、做事利落、笑声爽朗的文学狂热爱好者。之所以说"狂热"，是因为，她算不得科班出身，但每次组织文学活动，她都竭尽所能，经常自掏腰包，从不追名逐利，也不在意他人的看法，只一心想要拥抱文学，这种精神属实难得，令人敬佩。

采风活动第一站，就在崇州中心广场旁边，鼎鼎有名的川西名园：罨画池博物馆。据馆长刘旭东老师介绍，全馆占地六万多平方米，池水面积一万多平方米，池畔建有琴鹤堂、问梅馆、湖心亭等亭台楼阁。以古典园林罨画池为主体，集园林、祠、庙为一体的古建筑群，由罨画池、州文庙以及陆游祠三个景点组成，三位一体的格局相得益彰。作为一个没有去过苏州看过园林的人，这罨画池博物馆可让我大开了眼界，山水花鸟、亭台楼榭、祠庙殿阁，每一处都是绝美的风景，谁会想到，在这闹市中一隅，竟别有洞天，试想如果常年生活在这园林中，可比得上《红楼梦》中的贾府主子待遇了。

罨画池始建于唐代，已有一千多年的历史，宋代始名罨画池，为州衙后圃，因罨画池畔花木亭阁倒影掩映水面如画而得名。罨画池自建成以来，杜甫、裴迪、赵忭、陆游等历史名人流连题咏，留下了不少诗篇。尤其是馆内陆游祠中，还陈列有陆游著作、手迹及有关文物，书法、绘画等作品就有一百多件，让我们对伟大词人陆游有了更进一步的了解。行走在馆内，仿佛还能看到陆游唱词的悠然形象，听到那一段岁月以及历史过往。

从罨画池博物馆出来，我们依旧沉浸在江南山水园林古朴精致、文艺典雅的氛围中，匆匆用过晚饭后，便来到杨老师的见龙古琴工作室继续品茶交流，将参观罨画池博物馆的感受尽情抒发，与自己对话，与古人对话，与琴瑟对话，情到深处，众文友倾情高歌，击木拍手，欢声笑语充盈着整个雅室。

第二天我们前往了崇州"十万亩粮食高产高效综合示范基地"，刚下车，就被一望无垠的麦田、油菜田所深深吸引，虽然现在还不是小麦和油菜采收季节，但微风拂过，看绿油油的麦浪滚滚，即将丰收的油菜颗粒饱满，依然激动万分。

打造公园城市，共建天府粮仓，崇州片区率先建立了该"天府粮仓"核心示范区，对育种、播种、施肥、采收等环节进行科学化管理、机械化操作，建设高标准农田，种出高产有机农作物，实现耕地利用最大化。绿意盎然的麦田间，一栋栋民居点缀其中，美丽乡村如诗如画，虽不是世间绝美的风景，却也让人驰目骋怀，百看不厌，引得同行的文朋诗友纷纷拍照留念，记录下这充满春意的时刻。

采风活动的最后一站是崇州赫赫有名的元通古镇。上一次到元通古镇，大概还是十年前，那时候就对元通古镇印象很深，那时古镇上人烟稀少，商家也更少，不如现在这般聒噪。当时三五好友，结伴徜徉于古镇中，能充分领略到古镇的悠闲安逸与宁静祥和，可以慢慢探究古镇中每一个犄角旮旯，寻找古镇的历史遗留等。当年找寻多时才找到一处小馆子吃了一碗豆花饭，买到一些当地的野菜、手工作品，而这些年，古镇被更多的游人所知晓，逐渐热闹起来，商家也纷纷入驻，虽方便了游客，带动了地方经济，但对我来说，还是有些不太适应。

整体来讲，元通古镇还是很有特色的，据资料：元通古镇历史上为文井江上一个重要的码头，曾经繁华一时，用"古老"来概括元通古镇再合适不过了。在半边街尽头的老石拱桥边的吊脚楼小憩，看江水从身边流过，想象着一千六百年前元通的繁华，让人感叹"逝者如斯夫"，元通古镇曾是历史上一个重要码头。这里有三条河汇聚，所以名之汇江。镇内现存以下古迹、古景八处：永利桥、罗氏公馆、黄氏公馆、黄氏祠堂、元通天主堂、王国英故居、铁杆桥、工农兵大桥。

同行的崇州分会会长邓丽宏老师给我们充当了一回古镇导游，她带领着我们参观古镇的每一处，认真地讲解相关知识，让我们对古镇有了更多了解，十分感谢！最后，我们一行人在元通塔下合影留念，顺利结束了本次采风活动。

一年之计在于春，春天是万物萌动、花开虫鸣、多姿多彩的季节，更是外出踏青、采风交流的好时段，能有幸参与此次省散文学会崇州分会组织的"情暖崇州·寻境之旅"文学采风活动，与各位文学爱好者充分交流学习，实在不虚此行。这是自然、人文、历史与文学的碰撞，是闪亮崇州名片的有利契机，同时也为我的创作积累了珍贵的素材。

读万卷书，行万里路，文学是有温度的，是流动的，是能反映当下时代气息的，期待下一次采风活动，期待有机会再到美丽的崇州！

新都有个超级乡村

近日，"纪念艾芜诞辰 120 周年暨第三届天府作家诗人走进新都"采风创作交流活动圆满举行，受新都作协谭宁君主席邀请，我同众多文朋诗友一起走进了新都，近距离感受这个底蕴深厚、内涵丰富、充满生机与活力的地方。活动期间，我们先后参观了清流镇艾芜故里园、艾芜纪念馆、初心馆和乌木泉湿地公园、暮耘耕读营地，以及汪家村的超级乡村和新繁城区的唐代园林东湖公园，行程结束，时间虽短，但收获颇丰，感触良多。其中，于我而言，最感兴趣的当数超级乡村。

在抵达超级乡村点位前，我以为只是简简单单几块农田，搭配类似农家乐的餐饮和住宿，担心没有什么新奇之处。但一下车，我属实被震撼到，成片的小麦、水稻、油菜、中药材、鲜花……而在良田与绿树交错间，一间间小院落别有韵味，田园火锅、庭院中餐、水吧、花园餐厅、汉服室、绘画室、茶艺室、形体室、制香室、瑜伽室、弓箭馆以及各种配套一应俱全。

在这里，美学体验、竞技体育、线上农耕等各种业态交相辉映，既恰到好处地保留了乡村的淳朴，又增添了许多前沿元素，让大家体验到别样的农耕生活的乐趣。至此，一个总占地千余亩的新农村项目赫然出现在大家的眼前。而我们这次主要参观的就是超级乡村的第一期试点：拾里庭院。

花了二十年时间，才从大山里走出来，然后勤勉奋斗了十年，才有机会在大城市扎下根，在更广阔的天地实现我的梦想，我相信很多同龄人也都是如此。前些年，随着国家城镇化进程的不断推进，越来越多的农村人拥进城市，只为寻求更好的发展机会。在这样的背景下，我们看到，中国出现了多个城区常住人口千万级别的特大城市，这些大城市对周边的城镇形成了严重的虹吸效应，导致周边城镇人口不断流出，农村的人口更是少之又少，大多只剩下老人和儿童。

但如今，随着时代的发展和国家政策的引领，乡村振兴的号角响彻中华大地，许许多多的年轻人、新农人开始重新关注乡村、认识乡村、了解乡村、回到乡村、发展乡村……而新都的超级乡村，正是一群有梦想、有计划、有闯劲的年轻人放弃城市的优越条件，毅然决然"杀"回乡村，所打造的一个新农村典范，也是当地政府开放思想、拥抱当下、敢为人先的乡村振兴的成功试点。

因为从小在农村长大，我深知以前乡村生活的艰难和如今乡村发展的困境。所以我首先非常佩服超级乡村的发起人、创始人，他们放弃所有，不畏艰辛，克服重重困难，选择投身乡村振兴事业，勇气可嘉。据了解，当初他们来到这里时，只有零星几处破旧不堪的老房子，村里人口也很少，几乎都是老年人，甚至小孩都很少，因为大多都随父母去城里读书了。超级

愿有岁月可回首 且以深情共余生

乡村项目的伙伴们没有退缩，他们不舍昼夜，做规划、跑手续、沟通村民、招募社会合伙人，并逐步完善各种机制，才有了如今超级乡村的规模。

超级乡村·拾里庭院采取"农户+村集体+政府+市场主体"联合投资的方式，形成了田园火锅、庭院中餐、竹渲茶苑、文创工坊等业态小院，依托"川西林盘"为资源本底，发掘和传承以川西喜乐文化为代表的中华民族深厚的农耕文化底蕴，以广袤农田、林盘庭院、文创艺术、亲子喜乐等项目为基础，通过"共享"模式，丰富乡村元素，使之旧貌换新颜。

据接待我们的乡城联创研学基地讲解老师介绍，过去，汪家村集体经济薄弱，如今，这里已实现集体、村民、产业三增收。过去不久的超级乡村·拾里庭院2023年度分红大会共发放现金四十余万元，实现连续五年增长。如今的超级乡村·拾里庭院已成为全球减贫最佳案例之一，这里村民的幸福感、获得感、安全感不断增强。来到这里的年轻人有了创新创业的机会，而且还给忙碌奔波的城里人提供了一个感受生活、体验农耕、享受自然的平台，或许这一切就是超级乡村的"超级"之处。

随着科技的发展，乡村农耕也有了更多的可能性，它可以是农事作业，可以是农业体验，也可以是别样的运动，行走在田间小路，呼吸着泥土的芬芳，感受着劳动的快乐，已是人间的一大美事。不过，在超级乡村，农耕不只在线下，更是在线上。

在超级乡村的拾里庭院，人们可以在线上认养线下农场，农场会给客户分配一个终端，在终端上，认养人不仅能够通过视频看到农场的现状，还能通过现代农业的感知技术知道农作物什么时候该施肥了，什么时候该浇水了，什么时候该除草了。

让线下农场变成城市居民线上交友的有效媒介，让大家真正通过一块小小的农场参与到乡村建设和对农事的认识当中。

"拾里农夫"们在节假日或是周末，也可以来到这里亲手打理自己地块的蔬菜，其余时间则由当地乡亲们帮着养护。每到收获时节，"拾里农夫"们便可以摘走自己地块里的蔬菜，或是就地餐馆加工，或是带回家邀亲友品尝，都是乡野之趣。我都想周末带着孩子到这里来亲手耕种和采摘，不仅能锻炼孩子动手能力，还能与大自然亲密接触，呼吸新鲜空气，实在是惬意。

同时，超级乡村还倾力打造乡城联创·研学中心，知行合一，乡村创生。推出六大类主题研学，拥有四套成熟课程体系，包括三农认知教育、农事农耕体验、绵羊等小动物喂养互动，以及知识科普、趣味锦鲤科普及喂养教学、航空和轨道交通等科技体验等。针对女性，还有女性心灵疗愈主题研学，包括形体、礼仪、舞蹈、瑜伽、香道、茶道、抄经书、打香篆等。非遗文化及家风家训主题研学也是他们的特色，包括升庵文化（状元／宰相故事、家风家训、家庭教育）、新繁药浴、新繁泡菜、新繁棕编（巧帆棕编）、蜀绣蜀锦（绣兰道）、古代园林（东湖公园、桂湖公园）、中草药养生及科普主题研学等。

生态保护是超级乡村发展中不可或缺的一环。这里的农业生产严格遵循绿色、生态的原则，减少化肥和农药的使用，推广有机农业。村庄周围种植了大量的绿化带和水土保持林，有效地防止了水土流失，改善了生态环境。清新的空气、肥沃的土地、丰富的水资源，这些都是超级乡村宝贵的自然资产。

超级乡村，在很多人看来，可能只是一个概念，具体怎么落地，怎么执行和运营，才是关键。新都的超级乡村，为更多想要打造超级乡村的新农人、乡镇政府、社会资本等提供了参考，意义十分重大。

超级乡村的探索和实践，为中国乡村振兴提供了宝贵的经验和启示。它告诉我们，乡村振兴不仅仅是经济的发展，更是文化的复兴、生态的保护和社会的进步。未来，随着更多的超级乡村如雨后春笋般涌现，我们有理由相信，中国的乡村将迎来更加美好的明天。

走，去纳溪品一杯春意盎然的特早茶

　　春风轻拂，阳光明媚，正是一年中最美好的时节。在这个时节，如果你有机会来到四川泸州纳溪，你会发现每一处都充满了生机与活力。特别是那一杯杯散发着清香的纳溪特早茶，仿佛是春天的液体化身，让人忍不住驻足品尝。

　　纳溪，藏身在中国西南的川南丘陵间，这里不仅常年被翠绿包围，风景如画，更因一种珍贵的茶叶而闻名遐迩，那就是"纳溪特早茶"。纳溪特早茶以其独特的地理环境、悠久的历史背景和丰富的人文情怀，成为中国传统农产品地理标志产品中的璀璨明珠。

　　走进纳溪，你会被这里的风光所吸引。这里山清水秀，气候温和湿润，群山环抱，溪流潺潺，竹林深处偶尔传来鸟鸣，空气中弥漫着湿润的泥土香和淡淡的茶香。春天，茶园里忙碌的身影点缀其间，一派生机勃勃的景象。而当晨雾缭绕，阳光透过薄雾洒在露水闪闪的茶叶上，那一刻的美景，足以让任何人为之驻足。

纳溪特早茶的故事，得从它的名字说起。"特早"二字，顾名思义，意味着这种茶叶在春天的采摘期比其他品种更早，纳溪特早茶具有"全球同纬度采摘最早"特点，最早可于每年2月初上市，人们在除夕之夜就能喝到当年的纳溪早茶。这得益于纳溪得天独厚的自然环境：温和的气候、充沛的雨量以及肥沃的土壤，为茶树提供了一个理想的生长环境。

纳溪产茶历史悠久，茶文化源远流长。晋代常璩《华阳国志·巴志》记载："周武王伐纣，实得巴蜀之师，茶蜜皆纳贡之。"唐代陆羽所著《茶经》中可见"纳溪梅岭产茶"之句，宋代乐史所撰《太平寰宇记》中记有的"泸州有茶树，獠人常携瓢攀树上采茶"可以看出泸州是古老茶区，《宋代名茶》中也有"纳溪梅岭茶"曾为贡茶的记载，宋代《茶业通史》和黄庭坚《煎茶赋》中有"泸州纳溪梅岭茶"之句，并在大渡口镇象鼻村清溪河晒鱼滩石壁上发现有北宋著名诗人、书法家黄庭坚的手书石刻——"二月茶"，距今近一千年。当代王镇恒所著《中国名茶志》中唐代名茶列有"泸州茶又名纳溪茶"之句。

岁月流转，纳溪茶经历了由草根到贵族，再回归民间的转变。它见证了历史的变迁，也承载了一代又一代人的情感与记忆。经过数百年的发展，纳溪特早茶逐渐形成了自己独特的风格。它的特点是采摘时间早，一般在春节后不久，当大部分茶园还沉浸在冬日的宁静中时，纳溪的茶树已经开始吐露新芽。这些嫩芽经过精心采摘和细致加工，制成了香气四溢、味道鲜爽的特早茶。

纳溪的土壤肥沃，含有丰富的微量元素，加之纳溪地区的昼夜温差大，云雾缭绕，为茶树的生长提供了最佳的环境。因此，纳溪特早茶的叶片肥厚，色泽翠绿，汤色清澈明亮，香气高长持久，口感鲜爽回甘。这也意味着只有在纳溪特定区域内种植、加工的茶叶，才能被称为纳溪特早茶。这样的规定保证了茶叶的品质和口感，使得每一片茶叶都蕴含了纳溪独有的风土人情。

纳溪特早茶的制作工艺也非常讲究。从采摘到炒制，每一个环节都需要精心操作。采摘时，每当晨曦初照，纳溪的茶农们便开始了一天的劳作，他们只选取一芽一叶或一芽二叶的嫩芽，因为他们相信，只有用心呵护每一片茶叶，才能采摘到最上等的特早茶；炒制时，火候要恰到好处，既不能过烈也不能过弱，以保证茶叶的鲜香和口感。这些传统的制茶技艺，是纳溪人民智慧的结晶，也是纳溪特早茶独特风味的保证。在这里，制茶不仅是一门技艺，更是一种文化传承。每到采茶季节，家家户户都会按照传统的方式制作自家的茶叶。从摘茶、晒青、揉捻到烘干，每一步都凝聚了纳溪人的智慧和心血。

品鉴纳溪特早茶，不仅是一种味觉上的享受，更是一种心灵上的洗涤和一种生活的艺术。泡上一壶纳溪特早茶，看着那清澈明亮的汤色，闻着那清新怡人的香气，尝着那鲜爽回甘的味道，仿佛能够感受到纳溪的自然之美和历史之深。在纳溪，当地人喜欢在清晨或傍晚，泡上一壶纳溪特早茶，邀请三两知己，一边品茗，一边聊天。茶香四溢之间，友情和智慧在杯盏间流淌。纳溪人相信，茶不仅是一种饮料，更是一种沟通心灵、传承文化的媒介。

在这里，脱贫攻坚与乡村振兴的脚步紧密相连，共同谱写着纳溪发展的新篇章。春天，茶农们在茶园中穿梭，他们的手法熟练而轻巧，每一次弯腰、每一次伸手，都是对大自然最深的敬意。这不仅为茶农带来了更多的收入，也为消费者提供了更为新鲜的茶叶。当地政府依托于得天独厚的茶叶资源，发挥本地资源优势、创新产业发展，引导茶农走科学种植、品牌发展之路。他们不仅引进了先进的种植技术和管理经验，还通过建立合作社、打造品牌等方式，将纳溪特早茶推向了更广阔的市场。

脱贫攻坚战的胜利，让纳溪的乡村面貌焕然一新。曾经，由于地理位置偏远和交通不便，纳溪的茶叶虽然品质优良，却难以走出大山，茶农的生活也相对贫困。如今，随着政府的大力支持和社会资本的参与，道路被修建得四通八达，电商平台的建立让纳溪特早茶远销国内外，成为了当地一张亮丽的名片。

乡村振兴不仅仅是经济的提升，更是文化的复兴。纳溪在发展特早茶产业的同时，也注重保护和传承茶文化。茶艺表演、茶叶知识讲座等文化活动频繁举办，吸引了众多游客前来体验和学习。这些活动不仅丰富了村民的精神文化生活，也让更多的人了解和喜爱上了纳溪特早茶。

如今，纳溪特早茶不仅是纳溪的一张名片，更是中国文化的一个缩影。它承载着纳溪人民对美好生活的追求，也传递着中华民族对自然的敬畏和感恩。每当人们品尝到这一杯来自纳溪的特早茶时，仿佛能感受到那份来自历史深处的温暖和力量。

纳溪特早茶是纳溪的骄傲，更是中国茶文化的瑰宝。随着纳溪特早茶逐渐走出国门，成为世界各地茶友的新宠，它不仅代表了一种优质的茶叶，更代表了一种生活态度和文化自信。在这个快节奏的时代，让我们放慢脚步，去纳溪走一走，看一看，再泡上一杯纳溪特早茶，品一品，感受那份来自山水间的宁静与诗意。

岁月无声 "三些"永恒

——读郑光福《岁月留痕》有感

认识郑光福老师属实不是很长时间，记得是在散文学会的一次聚会上，通过米青青老师引荐，得以结缘。作为一名在文学道路上的晚辈，能够有幸结识如光福老师这般的文学前辈，一直是我的荣幸，所以迫不及待地虚心向光福老师请教诸多问题。后来才又了解，光福老师，不仅是文章写得好，是一名散文大家，更有许多厉害的身份，他是一名老成都人、老记者、民俗专家、地名专家、文艺家、考古专家、"三些"倡导者……我愈加佩服不已。

最近，光福老师新出版了《岁月留痕》（上下册）一书，我算是第一批拿到此书的人之一，认真拜读过后，我才算大概了解了光福老师这平凡而又有趣的一生，明白了光福老师整日笑呵呵无所谓的背后，那些曾经的艰辛付出与坦荡的胸怀，还有他那"三些"人生的意义所在。

《岁月留痕》分上下册，上册主要包括"一路走来""游走各地""田野考古""文有情愫"四个部分，内容十分丰富，从光福老师从文之旅开始，又以其好友杨君伟老师写的《光福从文》一文结束，前后照应，洋洋洒洒拢共三十多万字，可以说，每一个字都有其存在的理由。

《三根红苕的记忆》记述了光福老师在那特殊的年代，偷吃了本该送给爷爷的三根红苕，虽是小事，但爷爷去世后，却深深烙印在了光福老师的心上，三根红苕，既是那段艰难岁月的记录，更是光福老师对爷爷的无尽愧疚与思念，感人至深！还有《割牛草交中学学费的记忆》《我的三次搬家记》《汶川地震亲历记事》等文章，都是光福老师一路走来亲身经历的点点滴滴，虽谈不上惊天动地、轰轰烈烈，但情真意切，十分具有代表性，反映了光福老师在岁月长河中不同时期的不同身心状况，非常具有跨越年代的现实意义，对了解光福老师本人也十分有帮助。

"游走各地"部分，是光福老师"三些"人生中"要些"的部分真实写照，走出四川，游走泰山，自驾西藏，放歌台湾……光福老师的"要些"足迹遍布祖国的大江南北，大好河山，青山绿水、人文古迹等为光福老师的文学创作提供了充足的素材，也让我跟随他的笔尖游走各地，如临其境。

"田野考古"部分，更是彰显了光福老师锲而不舍的钻研精神，《天涯石街的石头源于何处》《南北两处五块石从何而来》《成都发现四处金银窖藏与张献忠有关吗》等文章，既有趣又有意义，是光福老师通过大量资料查阅与实地考察，才整理成篇的有用文章，尤其是针对成都羊子山古祭祀台遗址进行考察研究的《成都羊子山——全国最大古祭祀台遗址》（上、下），更是深入探究了成都羊子山古遗址的方方面面，具有十分重要的文物保护宣传意义。光福老师在采编写这些文章时，都亲力亲为、自掏腰包，而这就是他一贯的行事风格。

"文有情愫"部分，收录了光福老师写给一些友人的文章，其中有些应该叫作缅怀，因为一路走来，部分好友已经离世，有的是知遇恩人，有的是多年同事或者文友。想必光福老师也不禁唏嘘，所以才在退休之后，提出了"三些"人生的说法，即"吃些""耍些""写些"。是的，人生不过三万多天，经历过艰苦岁月，生在新中国、长在红旗下的光福老师，已然将人生看得通透。这部分还包含了一些光福老师的好友写他们眼中的光福老师、光福大哥、光福老友……文中多是溢美之词，从中能感受到光福老师在众人中的受欢迎程度，真不愧是"佛面菩萨心"，行处皆是缘。

《岁月留痕》下册，内容更是引人入胜，拢共又是三十多万字，作为"三些"中的"吃些"部分，"美食品茗"涵盖了竹筒饭、洞子口凉粉、陈麻婆豆腐、青龙场温鸭子、青城茶等川内特色美食，看得人直流口水。"古蜀美女"部分，光福老师写嫘祖，写武则天，写杨玉环，写薛涛，写花蕊夫人……引经据典，娓娓道来，带大家从诸多方面领略古蜀美女、才女，使其形象跃然纸上，明媚动人！"地名趣谈"部分，作为地名专家和民俗专家，作为一个老成都人，光福老师将成都众多地名的来龙去脉搞得清清楚楚、明明白白，比如，《"锦江"地名三国就有了》《龙潭寺的"龙"是哪条龙》《"神仙树"一地三名》等，有理有据，为地名的考究和存档提供了一手资料和参考，含金量很高，尤其对于我这种"新成都人"来说，想了解老成都相当有助力。

最后的"城北一角"部分，主要针对成都双水碾一带的地名故事、民间传说、文物古迹、民俗风物和街道乡村名人做了集中展示和描述，单独提出这一部分，是因为光福老师当年因为工作关系，多次实地考察过驷马桥、羊子山土台遗址、双水碾碾址、将军碑和荆竹村等地名的由来。后来此地划归成华区管辖，已是老成都、老记者的他，依旧在双水碾地带走访，对那一带的村街领导、乡亲街坊，都很熟悉。加之，双水碾街道辖区虽很小、很古，但却能反映蜀地成都的古今风光，具有一定代表性。这也让我们更加深入地了解了成都双水碾这个地方。

《岁月留痕》一书上下册共计约七十万字，收录的内容大多是在各级报纸杂志、网络平台发表过的精品文章，很多篇目都被反复转载发表，同时书里还附有许多珍贵的照片以及光福老师所作的数首歌词，可谓是一部集大成之作，干货满满。

难能可贵的是，光福老师这些年来，虽早已退休，但依然在不停地宣传成都文化，四处奔走，免费助阵各大文学活动，替大家传道授业解惑，未收取过一分报酬。此次出书光福老师也是全部自掏腰包，我曾建议他举行签售会，甚至拉些赞助，但光福老师坚决不同意："已是七十古来稀了，自己多大能力就办多大的事，我是受党的教诲和恩惠成长起来的，不能忘本。另外，难得朋友们这么看得起我，这些年来尽是别人热情赠予我他们的书籍，有来有往，我也应该回赠他们，要我卖书收钱，那就变了味了……"

我相信，很多认识光福老师的朋友，跟我一样，都敬重他的才华和人品，吃饭他总是抢着买单，对晚辈也是关爱有加，随时见到他都是那么笑呵呵的，从不与人为难。

正如为《岁月留痕》作序的张家禄老师所言，"光福这个人为人诚恳，性格开朗，乐于助人，工作认真，专注执着"，"好游走，广交友，喜读书，勤笔头。光福这个人，办事认真，也会生活，手头也很大方，与大家要得来，摆得拢"；又如岳定海老师所言，"郑光福一看就是讨喜的模样"；还有易旭东老师的概括，"生活方式诚实，按照身心意愿行事待人。活得有趣的光福，才拥有最好的人生状态"；朱晓剑老师也说，"在貌似不修边幅的情况下，却有着自己的讲究。不过，平时他很随和，朋友的事，他总是热心张罗、帮忙"；何一东老师总结到，"好好活着，好好生活，淡泊名利，不争强好胜，珍惜友情，善待他人，以一颗真诚豁达之心行走人生，这样的人，肯定是快乐幸福和健康长寿的！光福大哥，就是最好的证明"……

最后，祝贺光福老师新书出版，并借用王大可老师的话结尾："'年光似鸟翩翩过，世事如棋局局新'，愿光福始终捍卫他的'人生三些'。"

做出版这些年

　　很多人羡慕我，可以爱一行做一行，做一行专一行，做自己喜欢的事。是的，我拥有敏感的内心，是个性情中人，也确实是因为爱好文学，喜欢写写画画，甚至从小就有一个作家梦，所以因缘际会，哪怕中间兜兜转转，历尽坎坷，但最终还是走上了创作的道路，进入到文学的圈子，干起了图书出版的行当。

　　我时常跟很多朋友讲，我不是个单纯的商人，更不是一个合格的商人，我首先是个创作者，是个有文学情怀的人，虽然还不能称为作家，虽然文笔水平很有限，但我至少能站在一个创作者的角度去感同身受，去理解创作者的不易。所以，我总是为作者考虑，甚至时常将自己置于两难的境地。

　　做出版这么些年，遇到过很多不一样的文朋诗友，他们大多数既是我的朋友，甚至是知己，也更是我的客户。他们有的单纯可爱，有的多愁善感，有的焦虑多疑，有的"谎话连篇"……人上一百，形形色色，有人对我赞誉有加，有人说我一文不值，甚至有人说我是"骗子"。

曾遇到一个上了年纪的老作者，年轻时上山下乡，受尽磨难，后来辛勤工作，抚育儿女，儿女长大后，又倾其所有帮忙带孙子，不久前老伴也走了，如今孙子大了，他终于能闲下来，然而留给他的时间并不多了，他才有机会能整理自己一生积累的文字，然后渴望在有生之年能结集出版。因为他知道，如果有一天他离去，这世界可能没有人会记得他，他开始思考，他这一生的意义是什么，他怎么证明他来过这个世界，又能为这个世界留下什么……

　　思考良久，他发现，唯有在这一生中抽空写下的文字，才可能成为永恒，才有机会流传下去。于是他找到了我，希望将他毕生所写整理出版，给自己留个纪念。我十分赞成老者的想法，于是很快为他制订了出版方案，我甚至免费为他整理手写稿件，将他那一堆泛黄的手稿一个字一个字敲在电子文档里面。因为我能感同身受，我觉得老者辛苦了一辈子，一辈子为他人而活，这恐怕是他剩余生命里最大的愿望了。

　　但当一切都准备妥当时，意外却发生了。突然有一天，我接到了一个自称这位老者女儿的人的电话，一开口就对我劈头盖脸一顿骂，我以为是我们服务没做好。结果是老者女儿不同意他出书，并且情绪十分激动，能感受到她从心底坚决反对老者出书。本着为老者考虑，尽量满足老者心愿的出发点，我还是耐心跟她解释，我想她顶多是心疼她老爸那点退休金，所以我继续告诉她老者心里的感受和想法，想引起她对老人愿望的重视。但事实是我想简单了，老者的女儿不仅不接受，还变本加厉，直呼我为骗子，说我忽悠她爸这种老年人出书，就是欺负老年人啥都不懂，为了钱昧良心！听到这里，我已经忍无可忍了，顾不得自己作为一个文人的涵养，我对她吼道：他是你的父亲，这是他最后的愿望，你是真的觉得我是骗子，还是心疼他那点钱呢？停顿了两秒钟，电话那头没有任何声音，然后我把电话挂了！真是气得我眼冒金星！

我确实无法理解，这世界上竟也有这种子女。诚然，出版一本书是需要一些预算的，但在他这个年纪，在他的家庭，也不至于会对他子女的生活质量产生多大的影响，更何况老者是用自己的退休金来做这个事。我想说，她应该庆幸老者没有整天坐着打麻将，没有去买一堆无用的所谓保健品，没有伸手问她要一分养老钱……书籍不仅是对老者一生的总结，更是家族文化的一种传承，老人爱好文学，无形中也会对家里的小孩子形成一种熏陶，养成家庭文学氛围，何乐而不为。

可惜，老者的这个女儿，并没有意识到这些。最终，老者主动给我打电话，告诉我算了，他不出书了。我告诉他，如果是因为钱的事，我给他想想办法，但老者叹息一声，拒绝了，他说他放弃了。我能感受到，彼时，他的内心是多么无奈甚至绝望。而我，内心也是颤巍巍莫名地疼。

还曾经遇到过一个大学生，刚上大二，因为喜欢写作，自己已经完成了一部中篇小说，可以说有着一个文学梦，但他还不知道该怎样去实现。我对他赞赏有加，鼓励他一边学习一边创作，有机会多投稿多发表，最终，他用自己积攒的零花钱在大四毕业的时候为自己出版了人生中第一本作品。我能清晰记得，在拿到成书的那一刻，他热泪盈眶，激动到不能自已。后来，他真的走上了职业创作者的道路，陆续出版图书十多本，小有名气，实在是厉害并且很幸运。至少，他的家人是支持他的，身边也有前辈在他的文学道路上一直为他指引方向。

出版是需要过程的，每一部书稿都需要经过严格的三审三校、申领书号以及印刷装订等各种环节，所以有的作者老师，因为各种意外，没能等到拿到成书的那一刻，我感到十分痛心和遗憾；也有老师自掏腰包免费为他人立传，就为了弘扬身边的好人好事，毫无私心；有外省的老师不远千里，带着书稿亲自到成都，紧握着我的双手，将自己一生的心血托付给我，我感动万分，责任满满；有老师收到成书后，手写上万字的感谢信寄给我，表达自己的谢意，字里行间，皆是真情流露……

当然，这些年还遇到过一些文学骗子，当我倾尽心力将他的书稿制作成书，正规出版并将成书送到他手里后，他却玩起了消失，直接不接电话不回微信，找各种理由躲着我，甚至反过来去发起诉讼告我……我想说，人在做，天在看，我问心无愧。而大多数作者还是很好的，他们会给我寄小礼物、家乡特产、手工贺卡……年前甚至有老师给我寄来海棠树苗和可爱的多肉植物。我想说，你们都是可爱的创作者，是我一生中难得的朋友。在出版行业大环境异常严峻的这些年，是你们的认可和鼓励陪伴我一路前行，坚持到现在。

人的一生，很多东西都是过眼云烟，你认为无可替代的东西，在你离开这个世界的时候，可能没人会记得，甚至变得毫无意义和价值。唯有文字，可以永恒。我不是鼓励所有人都搞创作，都出书，也并不建议普通人将文学创作当成人生中唯一的追求。但在条件允许时，如果愿意写，喜欢写，不妨在合适的时候将自己的文字整理出来，制作成书，给自己一个总结，给孩子一个纪念，给家庭留下一种精神传承。我想，这远比你留给孩子手机、房产、车子等更有价值！

这些年，无论是在文学创作的道路上，还是图书出版的行当里，我受到了很多前辈的关照和提携，我感激不尽。他们大多数都是文学大家，在圈子里已经有名气有地位，拥有丰富的创作经验和人生阅历，但他们却平易近人，愿意给文学新人创造机会，或许这就是文人之间的惺惺相惜，是文人相亲，更让我看到了文学发展的未来。

四川南江的 70 后优秀作家卢一萍说："从某种意义上来讲，文学其实是孤独的产物，所以一个作家承受孤独，是一种命运，也是一种能力。"我想说，从事出版也是一种命运和能力，更是一场修行，而我，将用毕生来完成它。

刚到窗前透气，看到作者送我的海棠花已悄然怒放，真好！

愿有岁月可回首 且以深情共余生

后 记

　　人活着就应该有希望，有念想，否则如行尸走肉，惶惶度日，没有任何意义。我自小喜欢写写画画，有个作家梦，长大后，发现以自己的水平和造诣，要想够得上"作家"两个字，实在是很勉强。所以退而求其次，也为给自己的生活和感受做个记录，出一本书，就成了心中的执念。自己虽然经常帮朋友们出书，但轮到自己时，却依然没有底气，茫然不知道该如何着手。

　　究其原因，自己总想将自认为最好的文字呈现给大家，生怕别人不喜欢，怕别人的批评，更怕别人拿到书后丢厕所、糊了墙。于是，自己把文稿一遍又一遍地筛选，一遍又一遍地修改，直至自己都要变得疯魔，痛苦不已。可能这就是大家出第一本书的常态吧，紧张，期待，担忧，甚至不敢直面……

　　后来，我索性放空自己，陪家人出去游玩散心，去爬山，去看海，去看日落。某一天黄昏，当我躺在海边沙滩椅上，看着爱人和孩子们在沙滩上开心地追逐奔跑，夕阳的余晖中，他们的欢声笑语，夹杂着海浪的声音，在海滩上肆意蔓延，这场景无比温馨，也就那么一瞬间，我心底仿佛被什么狠狠撞击了一下，心湖掀起了巨浪。

我纠结了这么久，才终于想明白，自己在意的永远是别人的眼光，只在乎别人的世界，却忘记了关心自己的家人，也忘记了写作的初心，不为争名夺利，只为记录人生，自己满意，足矣。只要自己开心，自己家人开心，怎么写，写什么，写得如何，都不再重要了。文无第一，武无第二，没人敢保证自己写的东西能被所有人喜欢，既然选择公开出版，就是要接受更多人的意见甚至批评，才能认清自己。在写作的道路上，我本身就还只是个小白，敢于将自己的东西拿出来展示在众人的面前，其实已然拥有了足够的勇气。不断学习，不断改善，多听别人的意见，才能让自己的写作变得更加有意义。

人到中年，更加懂得，人生没有永远，来日并不方长。生命最好的状态，不是行色匆匆，匆匆忙忙，也不是疲于奔命，忙忙碌碌，而是懂得为生活打拼，也懂得陪伴珍惜，知善待，怀感恩。

想明白了这些，我释怀了，自信地起身，迎着黄昏中最后一抹晚霞，加入到爱人和孩子们的嬉戏打闹中，正如那一句歌词：往前一步是黄昏，退后一步是人生。黄昏就在眼前，也许是晚霞满天，也许是狂风骤雨，但有时我们不必执着于一直往前，适当回头看看，退回一步，看看自己走过的路，看看自己的家人以及自己如今所拥有的人生，放下对不确定未来的追求和担忧，享受当下，又何尝不是一种大智慧？

长安三万里，人生三万天，有时停下脚步，抬眼看看，才突然发现，轻舟已过万重山！